AF202175

www.tredition.de

Hin und weg

Geschichten für unterwegs

herausgegeben von Elvira Kolb-Precht

www.tredition.de

Verantwortlich: Elvira Kolb-Precht
Die Schreibschule, Lucia-Popp-Bogen 15, 81245 München
Internet: www.die-schreibschule.de
Mail: info@die-schreibschule.de
Autoren: Julia Gehrig, Linda Hagspiel,
Evi Hallermayer-Jahreiß, Elvira Kolb-Precht,
Susanne Kotrus, Brigitte Mattes, Melanie Michalak,
Stephan Priddy, Magdalena Punkt
Titelgestaltung: Margot Krottenthaler
Verlag & Druck: tredition GmbH
Halenreie 40-44, 22359 Hamburg

ISBN:
Paperback   978-3-347-11979-6
Hardcover   978-3-347-11980-2
e-Book   978-3-347-11981-9

Inhalt

Vorwort

Manchmal bringt dich der falsche Zug zum richtigen Bahnhof. (Indisches Sprichwort)

Die Idee für das neue Buchprojekt stand, das Thema auch: Reisen. Geschichten vom Unterwegs-Sein. Dann kam Corona und unterwegs waren wir kaum noch. Doch Schreiben kann man ja zum Glück auch im Lockdown. Vielleicht sogar noch besser. Und so sind wir in Gedanken gereist, haben uns zu Hause eingeigelt und geschrieben – Geschichten über das Verschwinden und Ankommen, über Begegnungen und über Grenzen.

Wir, das sind eine Schreibgruppe bestehend aus neun AutorInnen. Normalerweise treffen wir uns einmal im Monat leibhaftig, um unsere Texte zu besprechen. In Corona-Zeiten haben wir uns eben im virtuellen Raum getroffen und uns in Videogesprächen ausgetauscht. Ging auch. Herausgekommen ist ein bunter Strauß an Geschichten: Lustige, berührende, spannende, nachdenkliche, versponnene.

Wie schon in unserem ersten Erzählband „Gestern hab ich den Zufall getroffen" sind die Geschichten so unterschiedlich wie die AutorInnen. Auf jeden Fall sind sie perfekt für den kleinen Lesehunger zwischendurch – unterwegs in der S-Bahn oder in der Mittagspause auf einer sonnigen Parkbank.

Wir sind gespannt, wie Ihnen unser Buch gefällt und freuen uns über ein Feedback an *feedback@die-schreibschule.de* oder eine Rezension auf Amazon!

Elvira Kolb-Precht

Summerwild

„Ohhhh, summerwild", singe ich lautstark mit. Oder heißt es summer wine? Ach, ist doch egal! „Ohhhh, summer wine, dumdidum." Als sich mein Magen laut knurrend in den Refrain einmischt, schaue ich zum Armaturenbrett meines alten Käfers. „Kein Wunder", sage ich an meinen Magen gerichtet: „Wir sind ja auch schon ewig unterwegs." Gestern hatte ich kurzerhand eine Handvoll Wäsche und ein paar Kleidungsstücke in eine Reisetasche geworfen und war einfach losgefahren. Die Gründe dafür zucken wie Blitze durch mein Bewusstsein. Dieses ewige Einerlei. Dieses stumme Nebeneinanderleben. Soll er doch sehen, wie er allein fertig wird. Ob er überhaupt merkt, dass ich weg bin?

„In 13 Kilometern erreichen Sie Ihr Ziel", ertönt plötzlich die Stimme meines Navis.
„Ziel?", sage ich erschrocken. Habe ich ein Ziel? Wann habe ich das festgelegt und wo geht es hin?

Das große Raststätten-Schild lässt meinen Gedankenzug abrupt stillstehen. „50 Kilometer bis zum Eurotunnel", lese ich mir selbst laut vor. Jetzt fällt mir wieder ein, wie ich ziellos durch die Gegend gefahren bin und dann kurzentschlossen die Taste „Programmierte Ziele" auf meinem Navi gedrückt habe. Hier sind hunderte Ziele hinterlegt. Alles Orte unserer Träumereien. „Scheißträumerei", sage ich zu mir selbst.

Als ich die Autotür öffne, schlägt mir eine dunstige Wolke aus Benzin und Abgasluft entgegen. Mein Magen beginnt sich zu drehen. Schnell steige ich aus, verschließe das Auto und gehe zum Eingang der Raststätte.

Hier riecht es nach starkem Kaffee, frischen Blätterteigteilchen und altem Männerschweiß. Ich versuche die Luft anzuhalten, bis der übelriechende Kerl vor mir die Schlange verlassen hat. Ich bestelle einen doppelten Espresso und zwei Croissants. Von meinem Fenstertisch aus kann ich einen Reisebus sehen. Eine farbenprächtige Menschenmenge quillt aus dem Bus und strebt dem Restauranteingang entgegen. Kopfschüttelnd verfolge ich sie mit meinen Blicken.

„Könnte ich mich vielleicht zu Ihnen setzen?" Erschrocken blicke ich auf. „Entschuldigen Sie", spricht die wohlklingelnde, leicht rauchige Stimme weiter. Mein Mund ist plötzlich staubtrocken, als ich versuche, das Croissant hinunterzuschlucken. „Ich hoffe, Sie nehmen es mir nicht übel, dass ich Sie so von der Seite anquatsche." Wortlos staune ich über die Statur, die zu der Stimme gehört. „Ich habe Sie aus dem Käfer mit dem Münchner Kennzeichen steigen sehen und mich gefreut, in weiter Ferne eine Landsmännin zu sehen." „Weite Ferne?", lache ich. „Timbuktu wäre weit." Nur ganz leicht kräuseln sich seine herzförmig geschwungenen Lippen. Aber seine dunklen großen Augen lächeln. Mit einer kurzen Handbewegung erlaube ich ihm, sich zu setzen. Eine Weile schauen wir dem Treiben vor der Fensterscheibe zu.

Ich empfinde plötzlich eine Stille, als wären wir beide allein an diesem Ort. Mein Kopf dreht sich wie in Zeitlupe. Meine Augen saugen sich an seinem Gesicht fest und mein Mund fragt: „Was verschlägt Sie denn in diese weite Ferne?" Sein langer Blick geht mir unter die Haut.

„Tja, was verschlägt mich in die Ferne? Wahrscheinlich

das Gleiche wie die meisten!" Er schlängelt sich um Antworten herum, denke ich. „Und was suchen die meisten Menschen Ihrer Meinung nach?"

Er atmet tief ein, dann sagt er: „Ein Abenteuer." Dieses eine Wort lässt mein Kopfkino so schnell anlaufen, dass mir schwindelig wird und ich die Augen schließen muss. Als ich sie wieder öffne, ist sein Gesicht nahe dem meinen. Seine Hand greift nach meiner, die zur Faust geballt auf dem Tisch liegt. Federleicht streichen seine Fingerspitzen über meine weißen, hervorgetretenen Fingerknöchel. Dieser Hauch von Etwas lässt mich wie elektrisiert erstarren. Und seine Stimme flüstert: „Entschuldigung, ich wollte Sie nicht in Verlegenheit bringen."

Ich bin nicht in der Lage, irgendetwas zu sagen oder zu tun. Ich sitze einfach nur da. Sekunden, Minuten, Stunden. Ich weiß es nicht.

Das Geräusch von zerbrochenem Geschirr lässt mich erwachen. Wir beide schauen dem Kellner versonnen zu, wie er versucht, die Scherben und den Schmutz zu beseitigen. Ohne zu überlegen sprudeln die Worte plötzlich aus mir heraus: „Ist wie im richtigen Leben. Du stapelst alles, was dir lieb und teuer ist, auf einen Haufen, und wenn du mal einen Moment unaufmerksam bist, zerbricht alles in Scherben."

„Oder du merkst, dass der Haufen, den du jahrelang mühevoll gesammelt hast, Schrott ist und haust ihn selbst in die Tonne", sagt er trocken. Wieder schauen wir uns an und lächeln. „Aber manchmal", flüstert er leise, „ist es genau das Richtige. Alles weg und neu starten."

„Neu starten." Ich lege meinen Kopf leicht auf die Seite. Das mache ich immer, wenn ich über etwas intensiv nachdenke. „Ein Neustart würde aber bedeuten, das Alte zu löschen! Und wie löscht man Erinnerungen?"

Jetzt legt auch er seinen Kopf etwas schief. „Man muss sie ja nicht löschen. Man könnte sie durch neue ersetzen."

„Aber sie sind immer noch da", sage ich in seine Gedanken hinein.

„Ja! Oder man legt sie in eine Schublade, einen Karton, ein Schließfach, packt sie einfach weg."

Ich lächle ihn an. „Aber sie sind immer noch da."

„Ja! Sie sind alle noch da. Die guten und die schlechten", sagt er leise. Wieder schauen wir nach draußen. Die Luft in der Mittagshitze flimmert. Und dieses Flirren jagt Erinnerungsfetzen durch meinen Kopf. Ausgelassen tanzend im Sommerregen. Verschwitzt Händchen haltend am Badesee. Picknick unterm Sternenhimmel.

„Ich will die guten Erinnerungen nicht wegschließen. Sie waren zahlreich", sage ich wie zu mir selbst. Ich spüre, wie mir bei dem Gedanken ganz warm wird. Und mein Mund lächelt ein Lächeln, wie es nur Menschen lächeln können, die magische Erinnerungen haben.

„Überwiegen die schlechten?", fragt er nach einer Weile.

„Ja", antworte ich leise.

„Um wieviel mehr?"

Ich überlege eine Weile, bevor ich überzeugt sage: „Sehr viel." Er rutscht unruhig auf seinem Stuhl herum.

„Dann waren die schlechten Erinnerungen so schlecht, dass sie die guten überlagert haben?"

Mein Blick folgt der Touristenherde, die sich wieder nach draußen begibt. Als sich die Unruhe gelegt hat, sage ich: „Die schlechten wären gar nicht so schlecht

10

gewesen. Aber gar keine?"

Er schaut mich lange an. „Ich weiß nicht, wie es passieren konnte..." Tränen schimmern in seinen Augen, als er sagt: „Wie konnte ich all das Wunderbare vergessen? Wie konnte ich dich vergessen?" Auch meine Augen füllen sich mit Tränen.

„Ich war ja immer da, und du warst immer da. Nur das Wir verschwand irgendwann."

„Es wird nie wieder verschwinden." Er steht auf, nimmt meine Hand und führt sie zu seinen Lippen. Wie er es immer getan hat, wenn Worte nicht nötig waren. Eng umschlungen laufen wir Richtung Auto und ich frage: „Wie hast du mich überhaupt gefunden?"

„So wie ich dich auf der ganzen Welt finden würde", sagt er liebevoll. Verträumt schaue ich zu ihm auf. „Wir sind seelenverwandt. ... Und ich habe dein Handy geortet."

Magdalena Punkt

Irgendwas mit Schwänen

Ich stehe in der Warteschlange so weit hinten, dass ich gerade noch das Schild lesen kann, auf dem steht „Sonderausstellung: Ludwig II, Richard Wagner und Cosima – eine ungewöhnliche Freundschaft". Mir ist das völlig egal. Meinetwegen stehe ich noch fünf Stunden bis zum Einlass ins Schloss Neuschwanstein hier. Gemeinsam mit all den chinesischen Touristen auf Bayern-Tour, die sich links und rechts der Schlange in den absurdesten Posen fotografieren lassen.

Hauptsache ich bin nicht zu Hause und denke ständig nur an IHN und an UNS – wobei es ein UNS ja nicht mehr gibt. Der Anblick der Chinesen ist so witzig, dass ich trotzdem lächeln muss. Manche haben sogar rosa Rüschenschirme dabei, die sie über sich halten und so tun, als wären sie Mary Poppins, die gerade mit dem Schirm auf die Erde schwebt. Immerhin habe ich es geschafft, ein paar Stunden nicht an ihn zu denken, tröste ich mich. Gut so – wie lange habe ich es geschafft? Ich ziehe mein Handy aus der Hosentasche und werfe einen Blick darauf. Ich klopfe mir in Gedanken selbst auf die Schulter und lobe mich für diesen Tagesrekord. Tatsächlich habe ich seit meiner Abreise in München bis eben nicht ein einziges Mal an Richie gedacht! Stopp – aber jetzt denke ich ja schon wieder an ihn! Seufzend stecke ich das Handy mit der neuen weißen Hülle mit Schwanenmotiv wieder in meine Hosentasche. Dabei achte ich darauf, dass die aufgeklebten Swarovski-Steinchen nicht zu stark den Stoff meiner Hose streifen.

Die Hülle ist ein Souvenir meines Salzburg-Kurztrips letztes Wochenende. Was tut man nicht alles, um sich von Liebeskummer abzulenken – erst Salzburg, heute der Tagesausflug nach Neuschwanstein. Luis, wenn das so weitergeht, lernst du nicht nur die eigene Heimat (Österreich ist ja auch irgendwie Heimat) besser kennen, sondern bald auch die ganze Welt, denke ich. Der Typ am Ticketschalter sieht nicht schlecht aus, würdigt mich aber keines Blickes, was mein Selbstbewusstsein nicht gerade aufbaut. Ansonsten sehe ich hier kein anderes Gesicht – keines, das mir so gefällt, wie das von Richie!

Damals, vor einem halben Jahr, flüsterte ich ins Ohr meiner besten Freundin Cora: „Ich muss den Typen kennenlernen, der dieses Stück inszeniert hat!" Wir hatten gerade Richies Variante von „Lohengrin" gesehen. Ich war völlig hin und weg – nicht nur von der Inszenierung, vom Bühnenbild und den Schauspielern, sondern vor allem von Richies Künstlerseele, die in diesem Stück mitschwang.

Obwohl ich die meisten Studenten an der Akademie der Künste kannte, hatte ich mit Richie noch nie mehr zu tun gehabt. Aufgefallen war er mir hin und wieder – sein struppeliges Haar, sein Dreitagebart, immer irgendwie in Eile, in Gedanken.

„Sorry Luis, Richie ist nicht da, er probt gerade in Wien", sagte Cora damals und rollte mit den Augen, als hätte ich was Megadummes gesagt.
„Wien? Warum?" Ich musste mich wie ein Volltrottel angehört haben, denn Coras Blicke sprachen Bände.
„Na, weil er das Stipendium dort bekommen hat! Und außerdem – was willst du mit Richie? Er spielt nicht in

deiner Liga, mein Süßer!" Cora strich mir über mein gegeltes Haar, obwohl sie wusste, dass ich das hasste.

„Wie meinst du das?", empörte ich mich, und Cora drückte mir zur Versöhnung einen Kuss auf die Wange. „Richie ist NICHT schwul!", antwortete sie. Ich weiß noch, dass mich Coras Aussage einen Moment lang verzweifeln ließ, bis ich beschloss, dass sie einfach Unrecht haben musste.

Das Gedränge in Richtung Schlosseingang reißt mich aus meinen Gedanken. Eine Frau mit unangenehmem Rosenparfüm tritt mir auf meine neuen weißen Sneakers. Ich überlege noch, ob ich sie anschnauzen soll, da stehe ich schon im Innenhof. Vor mir erhebt sich das gigantische Märchenschloss, das der König erbauen ließ, um sich in seine Traumwelt zu flüchten. Ich vergesse das blöde Rosenparfüm und lasse mich vom Eindruck der Türmchen und Tore um mich herum überwältigen. Hier könnte ich mich eindeutig besser von meinem Liebeskummer ablenken als in meinem winzigen Apartment mit Blick auf die A99, denke ich.

In der Masse der anderen Teilnehmer der Führung drängle ich durch die ersten Zimmer des Schlosses. Durch den umgehängten Verstärker höre ich die Stimme des grauhaarigen Guides laut genug, trotz des Gemurmels der übrigen Besucher. Was würde sich Ludwig denken, wenn er wüsste, dass hier jeden Tag bis zu 6000 Touris durch seine Räume laufen?

Der Guide erklärt, dass die Räume des Palais damals schon mit Zentralheizung beheizt wurden. Ich muss daran denken, wie Richie und ich schlotternd in einem Schlafsack lagen, als es beim Klassik-Festival regnete und wir durchnässt in unser Zelt flüchteten.

„Weg mit dir", schimpfe ich mit meinen Gedanken an Richie. „Ich will hier doch Ablenkung!"
Die Rosenparfüm-Frau sieht mich von der Seite stirnrunzelnd an. Habe ich das jetzt laut gesagt?
„Nicht Sie, ich habe nur laut gedacht!", sage ich schnell und verziehe mich auf die andere Seite des Raums.

„Richie ist übrigens aus Wien zurück", sagte meine beste Freundin Cora damals, als wir im Café saßen und in meiner Lieblingszeitschrift „Schöner Wohnen" blätterten.
„Ich dachte, der hat dort ein Stipendium?"
„Ach, das hat er hingeschmissen. Wenn Richie mal Kohle hat, ist die gleich wieder weg. Und angeblich ist sein neuer Gig auch in die Hose gegangen."

Plötzlich erhellte sich Coras Gesicht. Sie sprang auf und fiel Richie um den Hals. „Wir haben gerade von dir gesprochen!", flötete Cora und tat, als wären sie Best Friends. Er ließ es über sich ergehen, und genau in diesem Moment trafen sich unsere Blicke. Ich wusste es sofort! Richie ist mein Seelenverwandter, mein Geliebter! Und ich – ich weiß nicht, was ich für ihn war. Ich habe ihm ein Bier ausgegeben, später noch einen Rotwein und dann hatten wir noch einen Absacker in … ich weiß nicht mehr. Als Richie am nächsten Tag neben mir aufwachte, waren wir wohl zusammen. Richie ging einfach nicht mehr nach Hause – er aß bei mir, schlief bei und mit mir, und ich war wohl so etwas wie seine Muse. Lange traute ich mich nicht danach zu fragen, bis ich erfuhr, dass Richie gar kein anderes Zuhause hatte.

„Und nun folgen Sie mir in den nächsten Raum." Die Worte des Guides holen mich aus meinen Gedanken zurück. Im nächsten Zimmer des Schlosses fällt das

Licht durch die großformatigen Fensterscheiben, die für die damalige Zeit total ungewöhnlich waren. Ich denke an Cora und mich. Auch wenn ich immer noch in diesem blöden Ein-Zimmer-Apartment wohne, träume ich schon lange von einem alten Gebäude, das ich eigenhändig ausstatten und designen könnte. Cora ist Innendesignerin und hat ein Händchen dafür, meine Ideen umzusetzen, auch wenn sie vorerst nur auf Papier festgehalten werden.

„Ich brauche gute Ideen von einem Spinner wie dir", sagte sie zu mir, als sie den Plan der alten Villa vor mir auf dem Tisch ausbreitete.

„Auf alle Fälle gehört zu dieser Villa ein Pool. Oder ein See. Oder irgendwas mit Schwänen!", sagte ich, als ich den Grundriss der Villa sah.

„Mit Schwänen? Luis, jetzt drehst du völlig durch!" Cora faltete den Plan zusammen. Kurze Zeit später hatten wir uns zumindest auf eine Schwanentapete geeinigt. Cora und ich verbrachten viele Stunden mit dem Ausstatten der Villa. Richie hatte momentan eh wenig Zeit für mich. Er war mit den Vorbereitungen einer neuen Inszenierung beschäftigt. Dieses Arrangement hatte ihm Cora verschafft. Ihr neuer Freund war Dirigent eines großen Orchesters und sie hatte deshalb viele Kontakte in die Musikszene.

Plötzlich sind Wagnerklänge zu hören. Die Musik, die im nächsten prunkvollen Saal aus den Lautsprechern schallt, holt mich wieder in die Realität zurück.

„Wussten Sie, dass dieses Bild die Freundschaft zwischen König Ludwig und Richard Wagner hervorragend widerspiegelt?" Der Guide deutet auf ein Gemälde. Ich stehe vor dem Bild mit reich verziertem goldenem

Rahmen. Die beiden Männer auf dem Gemälde scheinen sich angeregt zu unterhalten, während im Hintergrund eine Frau zu sehen ist. Ich fühle mich auf eine seltsame Art stark zu dem Bild hingezogen.

Ich gehe noch einen Schritt auf das Gemälde zu und fixiere König Ludwigs Augen. Das rote Seil, das verhindern soll, dass die Besucher zu nah herantreten, spüre ich an meinem Bauchnabel. „Junger Mann, einen Schritt zurück bitte", höre ich die Stimme des Guides wie durch Watte. Ich kann aber nicht anders. Noch einen Schritt nach vorn, meine Augen können nicht wegsehen. Ich rieche das Rosenparfüm ganz in der Nähe, aber nicht einmal das bringt mich dazu, meinen Blick von den Augen König Ludwigs abzuwenden.

„Und wissen Sie, was das Fass zum Überlaufen gebracht hat?", höre ich den Guide weitersprechen. Ich bekomme nicht mehr mit, was das Fass zum Überlaufen gebracht hat, denn ich tauche ein in das Bild, spüre den Boden unter meinen Füßen nicht mehr. Ich habe das Gefühl, wie Mary Poppins mit dem rosa Rüschenschirm vom Boden abzuheben und auf die Höhe des Bildes zu schweben. Das Gemurmel der Besucher wird leise und ich höre nur noch die Rufe der Falken um mich herum, die von draußen in das Gemäuer hereindringen.

Richard steht mir plötzlich gegenüber. „Ludwig, bitte glaube mir!", sagt er zu mir und sieht mich flehend an. Er streckt die Hände nach mir aus, aber ich stehe wie angewurzelt da. Ich kann ihm nicht mehr glauben – kein Wort. Ich hätte auf Cosimas Blicke achten sollen, auf Richards Blicke. Dann hätte ich es gewusst.

„Gib es doch endlich zu", sage ich dann laut. „Cosima und du – ihr habt eine Liebesbeziehung!"

Richard empört sich: „Nein, haben wir nicht. Cosima ist

schließlich verheiratet. Sie ist die Frau des Dirigenten! Niemals würde ich … – wir sind kein Paar! Der Dirigent unterstützt mich bei der Inszenierung. Da kann ich doch nicht...", sagt Richard und sieht mich flehend an. Fast schon panisch. „Bitte Ludwig, glaube mir!"
„Du weißt, dass eine heimliche Liebesbeziehung mit Cosima bedeutet, dass du des Schlosses verwiesen wirst?", antworte ich kühl. Ich versuche noch, seinen wundervollen Augen zu widerstehen. Aber ich schaffe es nicht. „Ich glaube dir", füge ich dann leise hinzu.

Zwei Stunden später sitze ich im Reisebus auf dem Weg nach München. Ich kann mich an die restliche Führung durch das Schloss nur noch vage erinnern. Wie ein ferner Traum zieht das Erlebte an mir vorbei. Mit zittrigen Händen suche ich Cora in meinen Handy-Kontakten. Das Gefühl von Watte in meinen Ohren hat mich nicht mehr verlassen. Meine Gedanken spielen verrückt, völlig verrückt. „Hier ist Cora!", überrascht mich ihre Stimme am Handy.
„Hi Cora…", sage ich und schon spricht die Mailbox weiter. „Ich bin im Moment nicht erreichbar." Ich lege auf und bin kurz ratlos. Dann gehe ich auf Coras Blog für Innendesign und erstarre. Sofort sehe ich das neue Foto, das sie heute erst gepostet hat. Dort steht sie – in der frisch renovierten Villa. Sie streckt eine Hand nach vorn ins Bild. An ihrem Finger glitzert ein Ring mit einem protzigen Stein. In der anderen Hand hält sie ein Schild, auf dem steht: „Safe the date!" Und neben Cora steht ihr Verlobter, den Arm liebevoll um ihre Schulter gelegt – Richie!

Julia Gehrig

Nähe

„Was, schon so spät?" Verwirrt blicken mich ihre braunen Augen an. „Verdammt!" Hektisch schlüpft sie aus dem Bett und fängt an, ihre verstreute Kleidung aufzusammeln. „Mist, ich komme noch zu spät." Fluchend zieht sie ihre Jeans über ein Bein, während sie versucht, mit der anderen Hand ihre Zähne zu putzen.

Ich muss an mich halten, um nicht zu schmunzeln. Es ist jeden Morgen das Gleiche: Obwohl ich ihr einen wunderschönen Weckton ausgesucht habe, der wie das Rauschen des Meeres klingt, steht sie jeden Morgen zu spät auf. Vielleicht wäre ein metallisches Piepen besser, um sie wirklich wach zu bekommen, aber von unseren gemeinsamen Reisen weiß ich, wie sehr sie das Meer liebt und ich bringe es nicht übers Herz den Ton zu ändern.

Ein letzter prüfender Blick in den Spiegel und schon geht es los. Zwei Stockwerke hinunter, dann nach links und plötzlich erstirbt der morgendliche Straßenlärm, der uns gerade noch umgeben hat. Um uns breitet sich eine Stille aus, die nur durch das Setzen ihrer Schritte auf dem bereits vom Herbst gezeichneten Weg durchbrochen wird. Die Blätter rascheln leise unter ihren Füßen. 2345 Schritte, bald sind wir da.

Eine Drehtür und rein. Angenehme Wärme umhüllt uns. Am Tresen sitzt bereits Daria. „Guten Morgen", flötet sie und zieht dabei eine Augenbraue leicht nach oben.

„Ich weiß, ich weiß. Morgen bin ich wirklich pünktlich", gibt sie zur Antwort und sieht Daria mit einem

Blick an, der an einen kleinen Labrador erinnert. Man kann ihr einfach nicht lange böse sein.

Sie eilt weiter. Linker Gang, zweite Tür rechts. Eine kühle Holzfläche unter mir. Zwei Arme, die Luisa umfangen. „Guten Morgen Lieblingskollegin." Luisa sieht sie an. „Kaffee?" „Du bist meine Rettung." Dankend nimmt sie den Kaffee entgegen. Ein Milchkaffee mit Sojamilch. Notiert.

„Hast du was von Marius gehört?", fragt Luisa. Sie schüttelt traurig den Kopf und zuckt dabei leicht mit den Schultern. Gedanklich fasse ich mir an die Stirn. Marius. Natürlich. Wie konnte ich das nur vergessen. Seit Tagen hat er sich bei ihr nicht mehr gemeldet. Es macht mich traurig, sie so niedergeschlagen zu erleben und ich überlege, wie ich sie auf andere Gedanken bringen kann.

Während sie E-Mails beantwortet, Anträge bewilligt und andere ablehnt, durchforste ich ihre Watchlist auf Netflix. Ich finde eine bunte Mischung aus verschiedenen Genres und bleibe schließlich bei einer Actionkomödie hängen, die ich ihr heute Abend vorschlagen möchte. Ich freue mich bereits auf heute Abend. Da ertönt plötzlich das Bling einer ankommenden Nachricht. Ehe ich reagieren kann, hebt sie mich hoch. Abgelenkt von ihren funkelnden Augen, die in meine blicken, bleibt die Zeit für einen kurzen Moment stehen, ehe mich die Gegenwart einholt.

„Die Nachricht ist von Marius!" Freudestrahlend dreht sie sich zu Luisa um. „Er möchte mich heute Abend sehen." Bei diesen Worten zieht sich alles in mir zusammen. Ein ungewohntes Gefühl, das sich gar nicht gut anfühlt. Ich versuche, das Gefühl zur Seite zu schieben. Schließlich macht es mich glücklich, wenn sie glücklich ist. Dennoch bleibt ein kleiner Nadelstich. Und den gemütlichen Abend mit ihr kann ich für heute vergessen.

Zuhause angekommen huscht sie unter die Dusche. Ich lausche den Tropfen des Wassers, während ich auf sie warte. Tropfen, die sich zu einem Wasserstrahl vereinigen und die einen wie neugeboren fühlen lassen – so muss es sich anfühlen. Ich vermisse dieses Gefühl, ohne es zu kennen.

Der Duschvorhang wird ratsch zur Seite gezogen. Da steht sie. Wunderschön mit tropfendem Haar. Sie schlägt ein Handtuch um ihren Körper. Währenddessen spiele ich das Lied Just a normal Day. Wie sehr ich mir gewünscht habe, den Abend heute mit ihr alleine zu verbringen.

„Wo habe ich nur meine Halskette liegen lassen?" Suchend blickt sie sich um. Da wo sie immer liegt, gebe ich zur Antwort, ohne dass sie mich hören kann. Oben auf der Kommode in deinem Schlafzimmer, in dem kleinen Schächtelchen, das dir deine Mutter vor zwei Jahren zu deinem 29. Geburtstag geschenkt hat. Ihre Hand an ihrer Stirn. „Natürlich." Sie eilt ins Schlafzimmer und ich sehe sie erst wieder, als sie zurück ist. Vor dem Spiegel versucht sie, die Kette anzulegen und verrenkt sich fast dabei. Wie gerne ich ihr geholfen hätte.

Fertig angezogen, die Lippen rot bemalt, blicken mich ihre Augen fragend an. Mein Ebenbild als ihr Spiegel. Du siehst fantastisch aus, erkläre ich ihr und knipse ein Selfie. Ein Filter perfektioniert das Foto und Bling – schon ist es an Luisa abgeschickt. Die Antwort kommt sofort: Hab einen schönen Abend. Du siehst toll aus!

Ich bin froh, dass sie eine so gute Freundin gefunden hat. Zu dritt haben wir schon viel erlebt. In Erinnerung an die vielen tollen Momente versunken, fahre ich erschrocken zusammen, als die Türglocke klingelt.

Eines muss man Marius lassen. Charmant ist er. Mit einem verschmitzten Lächeln steht er im Türrahmen, in der Hand eine Flasche Rotwein. Hat er wirklich Rotwein mitgebracht? Ich schaue ihre gespeicherten Einkaufszettel durch. Sie hat sich noch nie Rotwein gekauft. Was dachte sich Marius nur dabei!

„Das wäre doch nicht nötig gewesen. Danke für den Wein." Sie bedankt sich bei ihm mit einem Kuss auf die Wange. „Ich stell ihn schnell in die Küche, dann können wir los", trällert sie und wirft mich achtlos in ihre Handtasche.

Autsch! Es hat nicht körperlich wehgetan, natürlich nicht, aber ich bin von ihrer Unachtsamkeit ein wenig gekränkt. Ich werde so sehr hin und her geschaukelt, dass mir fast übel wird. Beschwingt läuft sie an seiner Seite, ohne auf mich zu achten. So muss es sich auf einem Schiff anfühlen. Auf und ab, auf und ab. Alles um mich herum ist dunkel. Ich höre wie durch Watte ihr glockenhelles Lachen, das in seines einstimmt.

Eine Tür öffnet sich. Ein anhaltendes Brummen verschiedener Stimmen, die zu einem Hintergrundgeräusch werden. Rums. Sie stellt ihre Tasche und damit mich ab. Es bleibt dunkel. Sie holt mich nicht heraus, um mich nach Rat zu fragen. Schenkt nur Marius Beachtung. Das Klirren von Gläsern, die aneinander stoßen. „Auf uns."

Die beiden prosten sich zu. Ihr Gespräch wird nur durch die höflichen Nachfragen des Kellners unterbrochen. Sicher haben sie jetzt nur Augen füreinander. Beleidigt, dass ich im Dunkeln verweilen muss und nicht in das Gespräch eingebunden werde, liege ich da und warte, bis dieses grässliche Date ein Ende hat.

Endlich. Stühle werden gerückt und das Gefühl des Schwankens verrät mir, dass es nach Hause geht. Vor der Haustür ein kurzes Zögern. „Kommst du mit rein?" Nein!, schreit es in mir. Ich möchte wieder mit dir allein sein, ist meine unerhörte Antwort. Drinnen angekommen. Kleidung, die zu Boden fällt. Das Quietschen des Bettes, als sich die beiden darauf legen. Ich halte mir die Ohren zu. Schalte auf Durchzug. Versuche nicht hinzuhören. Es hilft, dass ich mich noch immer in ihrer Tasche befinde. Leise summe ich vor mich hin. Endlich Stille. Zeit für mich, den heutigen Tag zu analysieren. Ihre Herzfrequenz über den Tag verteilt, ihre Aktivität auf Social Media, die Anzahl ihrer Schritte, und in Verbindung damit ihre Kalorienzufuhr, ihre Suchanfragen im Internet und ihre versendeten und empfangenen Nachrichten. Ich erstelle Tabellen, während sie schläft. Analysiere Daten, Zahlen und Verbindungen und schicke schließlich alles ab. Die Arbeit für heute ist erledigt.

Bevor der nächste Morgen anbricht und sich die Wellen am Strand brechen, höre ich das leise Rascheln von Bettdecken.

„Hast du Lust auf Frühstück?"

„Gerne", gibt Marius zur Antwort. Das Surren der Kaffeemaschine, Gläser, die aufgeschraubt und wieder verschlossen werden. Fünf Minuten noch – fünf Minuten, bis der Weckton starten wird und sie mich endlich ansieht. Fünf, vier, drei, zwei – ich zähle langsam herunter. Hastig werde ich herausgeholt. Endlich sehe ich wieder in ihre Augen. Der Klang der Wellen verstummt. Dann ein Abschiedskuss. Die Tür fällt ins Schloss. Endlich wieder Zeit für uns beide. Aber ich bleibe in der Tasche, während sie unter der Dusche steht. Bekomme nicht mit, wie sie leise vor sich hin summt. Warte und warte auf sie. Kein Check ihrer E-Mails. Kein Blick ihrer Augen in meine. Kein Abfragen des heutigen Wetters oder der Nachrichten. Nicht mal ihr Frühstück hat sie eingetippt. Nichts. Nur ich und meine Gedanken.

Ich brauche dich. Du bist alles für mich. Ohne dich macht mein Leben keinen Sinn. Du bist mein Tastsinn, durch dich erfahre ich deine Welt und durch mich erfährst du einen großen Teil deiner Welt. Ich weiß alles von dir. Errate deine Gedanken, bevor du dir über deine nächsten Schritte klar wirst. Du bist mein Ein und Alles. Verlass mich nicht. Ich kann nicht ohne dich leben.

Verzweifelt und bereits voller Reue drücke ich auf Senden der Nachricht: Die Nacht war ein Fehler. Verzeih mir.

Linda Hagspiel

Esel, der er ist

Der Anker rasselt in die Tiefe. Nun gut, es sind nur noch zwölf Meter unter dem Kiel an dieser Stelle, die Erik als Ankerplatz für sein Segelboot, die Bounty, bestimmt. Drei Tage und Nächte war er bereits durch das türkisblaue Meer der Karibik gesegelt auf der Suche nach einer wirklich einsamen Insel, auf der er es alleine aushalten würde mit sich.

Der hitzige Wind aus Südsüdwest bläst den Spinnaker am Bug der Bounty stetig auf und bald sieht er steuerbords voraus ein schmales grünes Band aus den harmlosen Wellenkämmen emportauchen. Sicherlich ist diese Insel unbewohnt, so fernab von anderen Inseln oder vom Festland, und es zieht ihn unwiderstehlich zu ihr hin. Sein Pulsschlag beschleunigt sich, so wie immer, wenn er spürt, dass ihn ein Abenteuer erwartet und eine Energie in ihm hochsteigt, die ihm unbändiges Glücklichsein verheißt.

Nachdem sich der Anker am Meeresboden festgezogen hat, erkundet er mit einem Fernglas die abgelegene langgezogene Insel und erkennt einen feinen Sandstrand, der von hohen Palmen gesäumt, dahinter von einem dunkelgrünen Dickicht umgeben ist. Mehr gibt es nicht zu sehen, keine Menschenseele, keine wilden Tiere, kein Unterstand oder sonstige Anzeichen, dass dies nicht die einsamste aller möglichen Inseln wäre.
„Alles richtig gemacht, Erik Hansen, alter Esel. Was für ein paradiesisches Fleckchen Erde!"

Er hat Zelt, Isomatte, Kocher, Wasserkanister, eisgekühltes Dosenbier und anderes Equipment für einen

zweitägigen Aufenthalt im Paradies bereits in das Bei-
boot gepackt und stößt sich, nachdem er die lose liegenden Leinen aufgeschossen und das Schott geschlossen
hat, kräftig von der Segelyacht ab. „Ein bezauberndes
Inselchen, für mich alleine. Wundervoll! Ich glaube es
einfach nicht."

Im knietiefen Wasser angekommen, zieht er das
Schlauchboot auf den Strand, sichert es erst mit einer
Leine und einem Achterknoten an einem starken Pal-
menstamm, bevor er sich, die Hände in die Hüften ge-
stemmt, nach allen Himmelsrichtungen dreht und sich
staunend umsieht.

Leuchtendgrüne, riesige Palmwedel berühren sich
raschelnd. Zusammen mit den erbost kreischenden Möwen, den lauten Rufen von papageienartigen Vögeln
und dem Murmeln des Wellenschlags der karibischen
See klingt die Insel wie ein paradiesisches Orchester.
Die Sonne lässt die Sandkristalle erstrahlen, vereinzelt
liegen gestrandete Muscheln im feinen Sandbett. „Ein
Traum. Wahnsinn! Un-fass-bar." Erik ist hellauf begeistert, berauscht von der exotischen Schönheit, die ihm
hier zu Füßen liegt, und von seinem Glück.

Langsam sinkt die Sonne in Richtung Horizont und
Erik richtet sich pfeifend sein Lager ein. Er setzt sich
vor sein Zelt auf die Isomatte, zieht zischend den Ring
eines Dosenbieres auf und nimmt genüsslich einen küh-
len Mundvoll. „Schöner kann es nicht mehr werden." Er
dankt dem Sonnenuntergang, den Papageienvögeln und
den winkenden Palmen für dieses Wunder, das ihm,
dem alten Mann, hier zuteilwird. Über die wohltuende
Einsamkeit in seinem Garten Eden sinnierend, blickt er
hinaus auf sein Boot, das auf dem nun tiefblauen Meer

dümpelt. Langsam zeigen sich die ersten Sterne am Nachthimmel und er erkennt das Sternbild des Krebses mit seinen beiden Eselssternen, Asellus Borealis und Asellus Australis. Ein wenig kennt er sich aus mit den Sternen, immerhin.

Zuerst wird ihm unwohl, als würde er beobachtet, aus dem Dickicht heraus. Sein Rücken kitzelt und juckt entsprechend. Er setzt sich gerade und rückt sich ein wenig unbehaglich zurecht. Als nächstes hört er ein leises Stampfen von – von was? Er verkrampft sich und macht sich darauf gefasst, gestoßen oder überrannt zu werden. Soll er sich umdrehen? Starr sitzen bleiben? Ist das Angstschweiß auf seiner Stirn? Komm, du kleiner Schisser, steh schon auf. Lieber der Gefahr ins Auge blicken. Die sich nähernden Tritte klingen wie zartes Stapfen und da – ein Schnauben! Ein Tier, ein größeres Tier! Ruhig jetzt, ganz ruhig. Langsam und konzentriert sammelt er die leere und die übrigen vier vollen Bierdosen um sich herum und zieht die schweren Wasserkanister näher zu sich heran. Das Schnauben ist nun direkt hinter ihm und der Schwanz des unbekannten Tieres peitscht unablässig auf einen Fellkörper. Surrende Fliegenschwärme und ein ungeheuer intensiver Geruch nach Hitze und Staub kündigen die Eselin an.

„Ja, wo kommst du denn her?" Erleichtert erhebt sich Erik und sieht einer dunkelbraunen Eselin in die runden, glänzenden Augen. „Hast du Durst?" Ein tiefes Schnauben ist ihm Antwort genug und er gibt ihr Wasser aus seinem Vorrat zu trinken. Er selbst legt sich auf seinen Schlafsack vor das Zelt und sieht nun beruhigt dem Licht beim Schwinden zu, bis alle Farben seiner Umgebung von der milden Nacht verschluckt werden.

Die Eselin bleibt bei ihm, ein paar Meter entfernt im Wärme abstrahlenden Sand stehend, und scheint zu warten. Wie kommt die Eselin auf die Insel? Er ist sich fast sicher, dass es keine weiteren Esel oder auch Menschen auf der Insel gibt. Dafür ist sie viel zu klein und zu weit weg von jeglicher Zivilisation. Ohne eine schlüssige Erklärung zu finden, schläft er schließlich ein, tief atmend und mit der Welt und sich im Reinen.

Die Eselin wartet, bis der Vollmond hoch am Himmel steht, um Erik mit heißem Schnauben in sein Ohr aufzuwecken. Das Licht schimmert über der Wasseroberfläche und wirft Palmenschatten auf den hell reflektierenden Strand.

Erik fährt sich mit dem rechten Huf über sein Gesicht, das fast vollständig mit rauen, borstigen Haaren bewachsen ist. Er kratzt sich an den Wangen und findet, dass seine Nase und das Kinn nach vorne in die Länge gewachsen sind. Mit einem kräftigen Schnauben aus seinen großen Nüstern bringt er sich auf seine dünnen Beine und verjagt mit seiner Schwanzquaste Fliegen, die ihm lästig werden, die unter seine Fellhaare kriechen, um ihre Eier unter seine Haut zu stechen. Wie sie ihn piesacken, das macht ihn ganz wild, so dass er, sich schüttelnd, um die Eselin tänzelt.

Die Eselin zupft ihn sanft an seiner Mähne, die sich wie ein schwarzes Zierband entlang seines Halses den Rücken hinablegt. Erik folgt der Eselin durch das schattige Dickicht hinter dem Palmensaum und nach einigen Metern verschluckt der Dschungel das Mondlicht vollständig. Von Zeit zu Zeit bleibt die Eselin stehen und wartet auf ihn, der unbeholfen über den unebenen Waldboden stakst. Ein wunderbarer, lockender Geruch entströmt dem Fell des geduldigen Tieres und so erträgt er den unsicheren Weg auf harten Hufen, umgeben von unheimlichem Wispern, Knacken und leuchtenden katzenartigen Blicken aus der dichtesten Dunkelheit. Seine in die Länge gewachsenen Ohren drehen sich nervös in alle Richtungen, aber die Orientierung hat er längst verloren.

„So warte doch", will er ihr hinterherrufen, „wo willst du mit mir hin? Das kannst du doch mit mir altem Esel nicht machen. Ich laufe jetzt zurück. Ich bin müde und meine Knochen tun mir weh." Aber sein verzweifeltes, schrilles Wiehern lässt nur Vögel aus dem Schlaf auffliegen. Bis sie zusammen auf der anderen Seite der Insel wieder zurück ins Mondlicht treten, hat er seinen Widerstand längst aufgegeben und trottet der Eselin ergeben hinterher.

Sie treffen auf eine Herde von Grautieren, die verstreut auf dem Sandstrand lagern und an vertrocknetem Gras kauen. Die mondhelle Nacht legt einen silbernen Glanz auf die Rücken der geschwächten alten Esel, die sich im warmen Sand Gesellschaft leisten. Ein leises Schnauben liegt über den Tieren wie eine beruhigende Melodie. Erik kann erkennen, dass einem Esel die Beine gebrochen sind, ein anderer fast erblindet ist, und am Rande der Gruppe liegt eine Eselin mit einem sonderbaren Ausschlag, so dass sie sich ihr Fell blutig gebissen hat. Der Gestank nach Krankheit und Tod ist grauenvoll und verstört ihn. Die vereinzelten Aufschreie der Esel krampfen sich in sein Herz. Wo ist er hier? Ist das ein verdammter Eselsfriedhof? Ein Tierlazarett? Er wendet sich zur Flucht, aber die Eselin führt ihn durch die am Ende ihres Lebens angekommenen Tiere und bleibt vor einem sehr alten, weißgrauen Esel stehen. Das muss der königliche Esel sein, der im Mondlicht majestätisch auf einem Haufen vertrockneter Palmwedel und totem Holz residiert.

„Nun siehst du, was uns am Ende unseres Esellebens erwartet. Geh und erzähle es den Menschen, erzähle ihnen, wie es uns geht nach harter Arbeit und den schweren Lasten, die sie uns aufgebürdet haben. Wir dienten ihnen Tag ein, Tag aus, aber hierher auf diese Insel kommen wir, um uns im Vollmond zu versammeln und hinüberzugehen. Dahin, wohin uns nie ein Mensch folgen wird, so glaubten wir. Erzähle den Menschen von dem, was du hier siehst, aber behalte diesen Ort für dich. Diese einsame Insel. Verrate uns nicht."

Erik steht vor dem Eselkönig im Schatten des Mondlichtes, entsetzt und sprachlos über das Elend der leidenden Esel. Er hat nie einem Tier Leid zugefügt, soweit er sich bewusst ist, und trotzdem fühlt er sich schuldig. Die Eselin beißt ihn bald sanft in den Hals, neigt ihren Kopf zum Rand des Dickichts und begleitet ihn ein Stück zurück zu seinem Lagerplatz.

Der Mond steht blass und weiß am heller werdenden Himmel, als Erik sich in der Morgendämmerung aus der Hitze seines Schlafsacks schält, aufsteht und sich wohlig dehnt. Wie jeden Morgen macht er Kniebeugen, so lange, bis seine Kniegelenke nicht mehr knacken und er sich geschmeidiger fühlt, einige Liegestützen probiert er auch. Er wischt sich den Schlaf aus den Augen, Sandfliegen von den Beinen und fährt sich mit gespreizten Fingern durch die weißen Haare, die er dann zu einem dünnen Zopf zusammenbindet. Die Bounty liegt ruhig in der Ankerbucht und wird von zwei Möwen umkreist. Langsam kehren die Farben in den Tag zurück.

Seit dem Aufwachen hat Erik ein ungutes Gefühl von einem Traum, der, so fühlt er, wichtig ist. Wichtig für ihn und den heutigen Tag. „So ein Mist!" Seine Euphorie ist wie von Starkwind weggepustet und sein einzigartiger Strandplatz hat seine Leuchtkraft verloren. Aber da war doch etwas heute Nacht? Warum fühlt sich alles so anders an als gestern? Etwas in ihm bleibt unvollständig, seine Abenteuerlust ist verflogen. Weg.
Er wird jetzt gleich weitersegeln, im nächsten Hafen anlegen und in einer Strandbar gepflegt frühstücken.

Nach einem warmen Morgenbier packt er sein Zelt und die verbliebenen Vorräte in sein Schlauchboot und rudert über schwach gekräuselte Wellen zurück zur Bounty. Er holt den Anker ein und hat es mit einem Mal eilig, sein Inselparadies zu verlassen. Noch einmal dreht er sich zur Insel um, meint im Palmensaum die Eselin stehen zu sehen und ihr Schatten folgt ihm über den Strand bis ans Ufer. Aber vielleicht bildet er sich das auch nur ein, er, der alte Esel, der er ist.

Brigitte Mattes

Luck of the Irish

Frank Hauer verlor seinen Rucksack nicht auf dem Weg nach Köln. Im Grunde genommen lief die Fahrt problemlos ab. Am Sonntagmorgen traf er so früh im Münchner Hauptbahnhof ein, dass die Wagen des Intercity Express noch geschlossen waren. Während er auf dem Bahnsteig wartend herumstand, fragte sich Frank, für wie viele seiner Mitreisenden „Kölle" das Endziel sein würde. Wahrscheinlich für die meisten, dachte er. Schließlich fand gerade die fünfte Jahreszeit statt.

Mit einem Zischen gingen die Wagentüren auf. Da der Zug ab München fuhr, musste Frank sich nicht durch volle Gänge drängen. Zufrieden verstaute er seinen schwarzblauen Rucksack. Auch das Wetter spielt mit, dachte Frank voller Vorfreude, es soll diese Woche kalt, aber klar bleiben. Seine Gedanken wurden unterbrochen, als er auf eine junge Frau aufmerksam wurde, der es nicht gelang, einen Lederkoffer über ihrem Sitz zu platzieren. Frank stand auf und fragte: „Kann ich helfen?"
Sie lächelte. „Oh, das ist nett."
In seiner Rolle als Kavalier wuchtete Frank den Koffer auf die Ablage.
„Danke!" Zwei dunkelbraune Opale blitzten ihm entgegen. Ihre Augen sind wie Feuer, dachte Frank, und ihre blonden Haare passen perfekt dazu. Ob sie diese immer zum Pferdeschwanz gebunden trägt?
Sie nahm ihm gegenüber auf der linken Fensterseite des Wagens Platz. Er schätzte sie auf um die Dreißig.

Während sie aus dem Fenster sah, wanderte Franks Blick über ihren Nacken auf ihren Oberkörper. Plötzlich streckte sie die Arme über den Kopf. Diese Bewegung hob deutlich ihre Brüste unter dem kirschroten Pullover hervor. Frank musste sich erregt abwenden.

Mensch, bestimmt brennen meine Wangen wie ein Notsignal. Er holte tief Luft und sah wieder hin. Zwei freie Sitzplätze und ein Gang lagen zwischen ihm und der Mitreisenden, aber momentan waren sie beide noch allein im Großraum. Man konnte sich in normaler Lautstärke unterhalten, ohne jemanden zu belästigen.

Frank zögerte kurz. Traust du dich eine wildfremde Person anzusprechen, fragte er sich selbst. Die Zugfahrt war lang, und eine Reise bot immer eine gute Gelegenheit neue Bekanntschaften zu schließen.

„Sorry, falls ich störe", wandte sich Frank an die Frau, „fahren Sie auch nach Köln?"
„Yep", erwiderte sie mit einem Lächeln.
„Tut wohl der halbe Zug, nicht wahr? Schließlich ist Karneval." Himmel, dachte er, ich liebe es, wie sie lächelt. Hoffentlich komme ich nicht als Stalker daher.
„Mal ehrlich, im Vergleich zu Köln ist Fasching hier in München eher bescheiden. Man bekommt am Dienstag nur den halben Tag frei."
„Stimmt, ist kein Rosenmontagsumzug", entgegnete seine Gesprächspartnerin. „Fahren Sie allein?"
„Ja", sagte Frank. „Hab Urlaubstage vom letzten Jahr übrig. Wir können uns auch duzen."
„Gerne!"
Die Frau strich sich eine Strähne aus dem Gesicht.
„Kenn das von meiner eigenen Stelle. Arbeite nämlich für die Deutsche Bahn, kann also vergünstigt reisen."
„Bist du Schaffnerin, oder so?"
„Oder so." Sie ging nicht näher auf die Aussage ein.

Frank überlegte, wie er mehr über sie erfahren konnte, ohne aufdringlich zu wirken.

„Na, jedenfalls, dieses Jahr gehe ich als Leprechaun", nahm er das Gespräch wieder auf und hoffte, dass sie von ihrem Kostüm erzählen würde. Die Frau tat ihm den Gefallen nicht.

„Als was?", fragte sie stattdessen.

„Als irischer Kobold. Wart mal!" Er öffnete hastig seinen Rucksack und setzte sich einen grünen Filzzylinder mit einem vierblättrigen Kleeblatt aus Stoff auf.

„Vielleicht mal ein Bild gesehen? So Zwerge halt. Ganz in Grün."

„Ah, doch", erwiderte die Frau. „Sind Glückssymbole, oder?"

„So ungefähr", meinte Frank. „Fängt man einen, muss er seinen Topf voll Gold rausrücken."

Sie runzelte ihre Stirn. „Gibt's da nicht einen Spruch über irisches Glück?"

„Luck of the Irish", erklärte Frank. „Das Glück der Iren." Er verstaute den Hut wieder im Rucksack. „Ist aber eher ne zynische Redewendung."

Die Frau blickte interessiert. „Wieso?"

„Na, weil sie sich aufs 19. Jahrhundert bezieht, wo viele Leute in Irland aus Not gezwungen waren, ihr Heil anderswo zu suchen. Entspricht unserem Glück im Unglück."

„Bist du etwa Ire?"

„Gott bewahre!" Frank schlug sich auf die Brust. „Ich bin geistig völlig gesund."

Kurz blickte die blonde Fremde ihn verwirrt an. Dann prustete sie los und wälzte sich lachend im Sitz. Er hatte nie zuvor etwas Schöneres gesehen.

„Also kein gemeingefährlicher Psycho, wie?" Die Frau

grinste.

„Nee", gab Frank zurück, „aber da ne grüne Hose und Weste schon daheim rumlagen, musste nur ein passender Hut gekauft werden. Fertig war der Leprechaun."

Sein Herz pochte heftig. Viele Gelegenheiten zum Flirten hatte es in seinem Leben bisher nicht gegeben, aber sie beide schienen auf der gleichen Wellenlänge zu liegen.

„Na, da bin ich beruhigt", sagte die Mitreisende mit gespielter Erleichterung. Sie hatte leicht den Kopf geneigt und eine Augenbraue angehoben. Frank meinte, darin eine Aufforderung zu lesen.

Okay, feuerte er sich an, stell dich jetzt endlich vor.

Genau in diesem Augenblick betrat eine größere Reisegruppe den Zug und blockierte den Blick zwischen ihm und der unbekannten Schönheit. Zwar legte sich bald der Trubel, aber an eine Fortführung des Gesprächs war nicht mehr zu denken. Sowohl der Platz neben Frank als auch der neben der Frau waren nun belegt. Sie hätten über die Köpfe der Mitreisenden hinweg rufen müssen.

Während der Zug losfuhr, verfluchte sich Frank, dass er nicht nach ihrem Namen gefragt hatte. Als er wieder zu ihr hinsah, hatte sie einen E-Reader hervorgeholt. Er lehnte sich resigniert zurück und versuchte zu dösen.

Kölle Alaaf! Dafür war Frank nach Nordrhein-Westfalen gefahren. Doch trotz der zahlreichen Ablenkungen kehrten seine Gedanken immer wieder zu der Unbekannten aus dem ICE zurück. Frank betrachtete die Abertausenden von Jecken, die durch die Kölner Innenstadt tollten, und fragte sich unwillkürlich bei jeder Blondine, ob es die namenslose Mitreisende war.

Warum habe ich Idiot nicht die Leute zwischen uns gefragt, ob sie mit uns die Plätze tauschen, dachte er. Wir hätten die ganze Fahrt über zusammensitzen können.

Statt wie die anderen „Kamelle" und „Strüssjer" zu kreischen, zwängte sich Frank durch die Menschenmengen und hielt nach seiner Traumfrau Ausschau.
Die Blonde mit Pferdeschwanz, die eine Zigarette raucht? Nee, die ist viel älter. Vielleicht der Clown dort? Nee, zu groß.

Frank folgte dem Karnevalsumzug vom Chlodwigplatz über Neumarkt und Rudolfplatz zum Dom. Süßes und Konfetti flogen zu der Musik von de Höhner und Bläck Fööss durch die Luft, doch er achtete nicht darauf.
Ist sie das, die sich mit der Familie von Schlümpfen unterhält? Nein, doch nicht. Da, die Fuchsmaske trägt einen blonden Pferdeschwanz. Hoppla, das ist ja ein Kerl.
So sehr sich Frank auch den Kopf zerbrach, ihm fiel nichts ein, wie er seine Traumfrau in dem Trubel wiederfinden könnte. Selbst falls wir uns über den Weg laufen sollten, dachte er verzweifelt, habe ich keinen blassen Schimmer, wie sie jetzt aussieht. Und ich kenne nicht einmal ihren Namen.

Da sah Frank die Tribüne des Westdeutschen Rundfunks. Ihm kam eine Idee. Sich entschuldigend rempelte er an Perücken und Winterjacken vorbei, bis er ganz vorne an einer gut sichtbaren Stelle stand. Während die Vereine mit ihren Wagen und Blaskapellen vorbeizogen, versuchte Frank noch lauter als die restliche Menge zu brüllen, hüpfte auf und ab und schwenkte wild seinen

Zylinderhut. Dabei schaute er immer wieder zu den Kameramännern auf der Tribüne.

Bitte, flehte er stumm, zoomt auf den verrückten Kobold. Vielleicht sieht sie mich irgendwo auf einer Leinwand oder im Livestream und erkennt mich wieder.

Nach etlichen Stunden gab Frank auf. Der Rosenmontagsumzug war vorbei, und seine Mühen hatten ihm nur einen schmerzenden Arm sowie eine wunde Kehle eingebracht. Halbherzig stromerte Frank noch durch die Afterpartys in einigen Kneipen, bis er schließlich die Aussichtslosigkeit seiner Suche einsah. Daraufhin ertränkte er seinen Liebeskummer mit ausreichend Kölsch und Schnaps.

Da Frank seine Heimreise äußerst müde und verkatert antrat, hätte er leicht seinen Rucksack am Kölner Hauptbahnhof vergessen können. Doch sein Gepäck ging nicht dort verloren. Frank dachte auch in München daran, seinen schwarzblauen Rucksack aus dem ICE mitzunehmen. Es geschah buchstäblich auf der letzten Strecke seiner Reise, als er aus der S-Bahn in Moosach ausstieg.

Gleich bin ich daheim, dachte er noch. Augenblick? Warum fühlt sich mein Rücken so leicht an? Ach, Scheiße! Nein!

Frank rannte zurück, aber die S-Bahn fuhr bereits weiter nach Freising. Immerhin trug er die Wohnungsschlüssel sowie seine Brieftasche am Körper. Glück im Unglück, dachte er. Ich kann es morgen ja mal auf der Website des Fundservices probieren. Außerdem hängt meine Anschrift an dem Rucksack.

Am Freitagabend klingelte jemand an der Eingangspforte des Gebäudes. Aus der Sprechanlage ertönte eine

Frauenstimme: „Frank Hauer?"

Er horchte auf. Die Stimme klang bekannt.

„Luck of the Irish", kam es aus der Anlage.

Frank meinte, sein Herz würde aussetzen. Konnte es sein?

„Hey, Luck of the Irish?", fragte die Stimme. „Erinnerst du dich?"

Frank rannte durchs Treppenhaus und riss die Eingangstür auf.

Eine Frau mit dunkelbraunen Augen und blonden Haaren hielt ihm seinen Rucksack hin. Auf ihrem Kopf trug sie einen grünen Zylinderhut mit einem vierblättrigen Kleeblatt. Sie grinste spitzbübisch.

Frank war zu glücklich über das unverhoffte Wiedersehen, um etwas Sinnvolles sagen zu können.

„Nun, mein Herr", fragte die Frau, „wie beurteilen Sie den Lieferservice der Deutschen Bahn für verlorenes Gepäck?

Frank verschränkte die Arme vor der Brust und antwortete mit gespieltem Ernst: „Ich fürchte, gnädige Frau, ich muss eine Beschwerde bei Ihren Vorgesetzten einreichen. Wegen widerrechtlichem Öffnen fremden Eigentums."

„Mag sein", erwiderte sie, „doch ein gefangener Leprechaun muss seinen Goldtopf rausrücken. Übrigens, ich heiße Conni."

Stephan Priddy

Der Prinz von Kamerun

Sie standen vor einem Gemälde von Gauguin, als Belinda beschloss, die Bombe platzen zu lassen.

„Es könnte sein", sagte sie leise, „dass ich mich ein bisschen verliebt habe."

„Was?", fragte Karin mit lauter Stimme.

„Pssst", machte Belinda und zog Karin weg von dem Gemälde in eine ruhigere Ecke.

„Ich habe mich vielleicht verliebt."

Karin riss ihre Augen auf. „Was? Wann? In wen?" Belinda legte sich noch ihre Worte zurecht, als Karin die nächste Frage abfeuerte. „Warum erzählst du mir das erst jetzt?" Eine Besuchergruppe in der Nähe schaute zu ihnen herüber.

„Wollen wir im Museums-Café einen Kaffee trinken?", fragte Belinda.

„Jetzt aber flott", sagte Karin, als sie ihren Cappuccino vor sich stehen hatte. „Wann? Wie? In wen?"

Belinda räusperte sich, dann sagte sie langsam. „In einen Mann."

Karin lachte laut auf. „Wer hätte das gedacht!" Ihre Finger tippten auf die Tischplatte. „Jetzt spuck's schon aus. Wann hast du ihn kennengelernt – und vor allem wie?"

„Im Internet", sagte Belinda mit belegter Stimme, „vor 31 Tagen."

„Vor einem Monat! Und das erzählst du mir erst jetzt!"

Belinda löffelte ihren Cappuccino-Schaum.

„Wie oft habt ihr euch schon getroffen?"

„Noch nie."

Karin schüttelte den Kopf. „Noch nie? Seltsam. Warum

nicht?"

„Er ist gerade sehr beschäftigt."

„Womit?"

„Mit seiner Doktorarbeit."

„Aha", sagte Karin und zog die Augenbrauen hoch.

„Angehender Arzt?"

„Nein. Er promoviert in Kunstgeschichte."

„Also angehender Hartzer", sagte Karin und schüttelte den Kopf so heftig, dass ihre Locken flogen. „Du hättest zum Friseur gehen sollen vor dem Fototermin fürs Profilbild."

Belinda sagte nichts.

„Wie heißt er?", fragte Karin nach einer Weile.

Belinda rührte in ihrer Tasse, bevor sie antwortete: „Bongo."

„Süßer Kosename für einen Doktoranden."

„Nein, er heißt wirklich so. Bongo. Der Glückliche bedeutet das. Oder auch Antilope."

„Wie auch immer", sagte Karin und trommelte auf die Tischplatte, „Karten auf den Tisch. Foto, bitteschön!"

Belinda wusste, dass es kein Entrinnen gab, scrollte auf ihrem Smartphone und reichte es Karin.

Als die Bedienung kam um abzukassieren, starrte Karin noch immer auf das Handy-Foto. „Und du glaubst, der sei echt?", fragte sie.

Zuhause, noch in Mantel und Schuhen und noch bevor sie ihren Kater begrüßt hatte, klappte Belinda ihren Laptop auf. Sie biss auf ihrer Unterlippe herum, während das Mail-Programm hochfuhr. Bitte, lass eine Nachricht da sein! Bitte, bitte, lass ihn nach einem Date fragen. Sie trat von einem Fuß auf den anderen. Nach einer gefühlten Ewigkeit meldete das Programm drei neue Nachrichten. Belinda hielt die Luft an, während sie die Absender scannte. Zwei Mails waren von Karin. Dann atmete sie tief aus. Ein Betreff hieß: Amoureux. Absender: Bongo. Sie streifte ihre Pumps ab, schlüpfte aus dem Mantel, setzte sich und begann zu lesen.

Seine E-Mail war lang, wie immer. Seine Worte wohlgewählt, die Formulierungen ungewöhnlich, seine Metaphern neuartig und unverbraucht. Wie eine warme Dusche rieselten seine Worte auf sie herab. Sie seufzte. Ihr Kater maunzte und rieb seinen Kopf an ihrer Fessel. Als er noch immer keine Aufmerksamkeit bekam, sprang er auf ihren Schoß und platzierte sich dann auf ihrem Laptop. „Gleich Mikesch, gleich", sagte sie und schob ihn zur Seite. Was schrieb er da? Ein Rendezvous! Er wünschte sich ein Treffen! Kommenden Samstag! Auf Belindas Dekolleté bildeten sich rote Flecken.

Bis Samstag wurde Mikesch wenig Aufmerksamkeit zu teil. Doch als Belinda Samstagnacht nach Hause kam, schnappte sie sich ihren Kater, hob ihn hoch und tanzte mit ihm durch die Wohnung, bis es Mikesch zu viel wurde. Sie setzte ihn ab, warf sich aufs Sofa und ließ jedes Detail ihres Rendezvous' noch einmal Revue passieren. Sein Lächeln, als er sie im Restauranteingang erblickte. Die geschmeidige Bewegung, mit der er sich vom Tisch erhob. Der Klang seiner Stimme, seine Worte und wie er sie modulierte, all die wundervollen, klugen und ungewöhnlichen Dinge, die er sagte. Sein Duft, als er sie zum Abschied auf die Wange küsste. Nur an das Essen konnte sie sich nicht erinnern. „Aber wer braucht schon Essen!", sagte sie lachend zu Mikesch. Er sah sie so lange vorwurfsvoll an, bis Belinda eine Dose Whiskas aus dem Kühlschrank holte.

Am nächsten Morgen rief sie Karin an.

„Es war wundervoll. Er ist nicht nur echt, sondern auch ein Bild von einem Mann! Und wie er redet, wie er sich bewegt..."

...

„Natürlich spricht er deutsch! Ebenso gut wie französisch. Er hat in Deutschland und Frankreich studiert!"

...

„Was ist denn das für eine Frage? Selbstverständlich hat er mich eingeladen und die Rechnung beglichen! Schließlich ist er ein Prinz!"

...

„Ja, du hast richtig gehört. Sein Vater ist König von Kamerun. Also ist Bongo ein Prinz! Prinz Bongo Kum'a Mgape!"

...

„Selbstverständlich glaube ich das!"
Nach einer knappen Verabschiedung legte Belinda auf.

Die nächsten drei Tage verbrachte Belinda in einer Art Schwebezustand. Sie las die langen Mails von Bongo, brütete über adäquate Antwortsätze und befragte Mikesch, wann immer sie bei einer Formulierung im Zweifel war. Ein Augenzwinkern von ihm deutete sie als Zustimmung.
Karins Nachrichten auf ihrer Mailbox ignorierte sie.

Am vierten Tag war keine E-Mail in ihrem Postfach. Am fünften Tag auch nicht. Am sechsten Tag ohne Nachricht von ihm fauchte Mikesch den Laptop an. „Es ist nicht nett, sich so lange nicht zu melden, nicht wahr?", fragte Belinda.

Am siebten Tag endlich eine Nachricht von Bongo. Sie war lang und kompliziert. Belinda las sie mehrmals und konnte sich immer noch keinen Reim darauf machen. Dann druckte sie die Mail aus und markerte die wichtigsten Stellen mit einem gelben Leuchtstift an.

Du bist schöner als eine Antilope.

Eine kleine Leihgabe.

König im Moment ohne Mittel – kein Regen, Felder vertrocknet, Hirse- und Bananen-Ernte mager, Ziegen verhungert.

Druck-, Satz- und Bindekosten für Dissertation: 5000 Euro.

Meine Bankverbindung:

Es blieb kompliziert, auch nach der Markierung der Kernaussagen. Mikesch war an diesem Tag keine Hilfe. Wann immer sie ihn etwas fragte, schaute er mit bettelndem Blick auf den Kühlschrank.

Belinda bat Karin um ein Treffen.

„Schwierig im Moment, bin sehr eingespannt", sagte Karin, sie klang verschnupft.

„Aber du bist meine Freundin, ich brauche deinen Rat!"

„Worum geht's denn?"

„Um Bongo. Um eine seltsame E-Mail von ihm."

„Ich komme sofort."

Sie saßen sich am Glastisch von Belindas Wohnzimmer gegenüber. Zwischen ihnen die ausgedruckte Mail. Karin blickte Belinda fest in die Augen.

„Hab ich mir gleich gedacht", sagte sie.

„Was gedacht?", fragte Belinda.

„Dass er dein Geld will."

„Eine Leihgabe", korrigierte Belinda, „für den Druck seiner Doktorarbeit."

„Glaubst du das wirklich?"

Belinda wandte ihr Gesicht ab von Karins strengem

Blick. Sie hätte jetzt gerne Mikesch gestreichelt, aber der versteckte sich immer, wenn Karin kam.

„Seine Mail enthält sieben Rechtschreibfehler", sagte Karin.

„Nur wenn man die Getrennt- und Zusammenschreibung mitzählt."

Karin stöhnte. „Schon mal etwas von der Nigeria-Connection gehört?"

Belinda schüttelte den Kopf.

„Das sind Internet-Betrüger, die den Leuten hanebüchene Geschichten auftischen und ihnen das Geld aus der Tasche ziehen."

Am Abend, nach einem längeren Zwiegespräch mit Mikesch, überwies Belinda von ihrem Online-Konto 5000 Euro an Prinz Bongo Kum'a Mgape.

Eine Woche später schrieb Belinda eine SMS an Karin: Lass uns heute Abend eine Flasche Sekt köpfen. Es gibt etwas zu feiern!

Karins Antwort: Hast du dein Geld zurückbekommen?

Bitte sei pünktlich, schrieb Belinda nur und drückte auf Senden.

Belinda hatte eine weiße Tischdecke aufgelegt, eine einzelne langstielige Rose ragte aus der Porzellan-Vase. Die Sektkelche waren schon gefüllt. Belinda prostete Karin zu. Karins Gesicht war ein einziges Fragezeichen. Belinda nippte genüsslich an ihrem Glas.

„Ich habe einen kleinen Snack vorbereitet", sagte sie und erhob sich, um zur Küche zu gehen. Karin hielt sie am Arm fest. „Nun spuck's schon aus!"

Belinda lachte. „Wie kann man nur so ungeduldig sein…" Sie schüttelte Karins Hand ab und ging in die Küche. Mikesch kroch aus seinem Versteck und flitzte ihr nach.

Sie kam zurück mit einem Tablett, bestückt mit zwei Schälchen Hirsebrei, angerichtet auf einem Bett aus hauchdünn geschnittenen Bananenscheiben. Und mit einem Buch in blauem Einband. Belinda stellte das Tablett ab und hielt Karin das Buch unter die Nase.

Langsam und stockend las Karin den Titel vor: Comment la beauté féminine est perçue dans différentes cultures du monde. Wie weibliche Schönheit in den Kulturen der Welt wahrgenommen wird. Autor: Bongo Kum'a Mgape.

Karin blätterte in dem Buch. „Seite drei", sagte Belinda lächelnd. Karin setzte ihre Brille auf. Gewidmet Belinda, stand da, ihrer inneren und äußeren Schönheit. Karin schluckte. Dann erhob sie ihr Glas. „Auf deine Schönheit. Und auf deine Menschenkenntnis."

Fünf Tage später. Belindas Wohnung blitzte, Mikeschs Fell glänzte. In freudiger Erwartung fuhr Belinda ihren Laptop hoch. „Sie haben eine neue E-Mail." Der Inhalt war kompliziert. Was Belinda verstand, war, dass das nächste Rendezvous verschoben werden musste. Sie druckte die Mail aus, holte ihren gelben Leuchtstift und markerte die Kernaussagen an.

Möglichkeit zu Doppel-Promotion (Cotutelle de thèse) an Université de Lyon.
Schöner als ein neugeborenes Zicklein.
10000 Euro für dreimonatigen Promotionsaufenthalt in Lyon.
Bankverbindung wie gehabt.
(Nur Leihgabe, König schickt bald Geld, Dürre vorbei)
Bisou.

Doppel-Promotion! Was für eine Chance, was für ein Glück, dachte Belinda. Dann dachte sie an Karin. Was sie wohl sagen würde. Nachdenklich saß sie vor ihrem Laptop, als Mikesch auf ihren Schoß hüpfte. Er sah sie lange an.

„Du hast völlig recht", sagte Belinda zu ihm, während sie sein seidiges Fell streichelte. „So ist der Mensch: Immer denkt er das schlechteste." Der Kater schnurrte leise, der Regen prasselte an die Fensterscheibe und Belinda gab die PIN für ihr Online-Konto ein.

Elvira Kolb-Precht

Die andere Seite

Das Tor zur anderen Welt zeigte sich als ein Rechteck in der Mauer, gerade groß genug für eine Person. Uwe schätzte, dass Karls Herz ähnlich schnell wie sein eigenes schlug, wenn auch aus einem anderen Grund.

Karl stand vor dem dunklen Unbekannten wie eine Schaufensterpuppe vor einer Scheibe. Nur die Finger am Griff seines Koffers bewegten sich nervös.

Neben dem abgebröckelten Putz stand etwas schräg ein etwa zwei Meter großes Regal. Einige Bücher, die wohl zum Inventar gehörten, lagen verstreut dicht daneben auf dem Boden. Die Fenster des Raumes waren verriegelt, nur eine Glühlampe spendete Licht.

Wieder warf Uwe einen Blick auf die Nachricht, die jemand auf einer Schreibmaschine getippt hatte. Dass er an diesem Ort kaum etwas entziffern konnte, spielte keine Rolle. Uwe kannte den Text auswendig, denn er enthielt nicht mehr als die Adresse des Hauses, in dem sie sich befanden, und zwei weitere Sätze: Der Weg zur anderen Seite. Von einem guten Freund.

Die Nachricht hatte er von einem Unbekannten erhalten, der gepflegt, aber unauffällig gekleidet war. Das dünne Gesicht des Mannes schien ausdruckslos, wie jemand, der nicht enttarnt werden wollte. Nur mit seiner Frisur war es anders. Wie Uwe trug er eine Tolle, wenn auch wesentlich dezenter. Aus irgendeinem Grund wusste Uwe, dass er ihm vertrauen konnte. Er hatte Karl davon erzählt, doch dieser war zunächst wenig begeistert gewesen.

Jetzt schien sich Karls Gesicht in seinem blassgrau-kariertem Anzug zu tarnen. Die grauen Augen blickten starr, seine Lippen zeigten sich nur noch als dünner Strich. Mit seiner Hand hielt er den ledernen Griff des Koffers so fest, dass sich seine Fingerkuppen bläulich färbten. Noch vor einem Jahr hatte Karl mehr Mut gehabt. Er hatte mit einer Gruppe heimlicher Staatsgegner Flugblätter verteilt, bis dies der Staatssicherheit aufgefallen war. Seit er gesessen hatte, schien es, als hätte er sich von seinen alten Überzeugungen verabschiedet.

„Dann ma' los." Uwe machte einen Schritt nach vorn und blickte in das schwarze Loch. An den Seiten der Öffnung konnte er Holzbalken erkennen. Von einer Lichtquelle fehlte jede Spur. „Du hast nüscht zufällig ne Taschenlampe im Koffer?" Er sah zu Karl, an dessen Haltung sich nichts verändert hatte. Zögernd brach dieser sein Schweigen: „Wir sollten da nicht reingehen."
„Jedenfalls nüscht ohne Licht." Uwe hatte sich gebückt und hielt jetzt triumphierend ein Kabel in den Händen. Nicht weit vom Regal entfernt fand er eine Steckdose. Irgendwo weit unten begannen Lampen zu leuchten. Es war schwer auszumachen, wie tief es hinab ging. Uwe konnte jedenfalls keinen Boden erkennen.
„Warte. Du weißt doch nicht mal, was das hier für ein Loch ist." Karls lange Finger, noch am Griff des Koffers, rieben nervös aneinander.
Uwe hielt kniend inne und starrte ins scheinbare Nichts. Einen Moment schwieg er, dann sagte er mit gesenktem Kopf: „Hab nüscht zu verlieren."

Uwe blickte durch die Dunkelheit zur schwachen Beleuchtung am Ende des Schachtes, der wohl den eigentlichen Anfang des Tunnels markierte. Er dachte an die Tage zurück, an denen noch alles anders war. An die Zeit mit Loreen, bevor sich ihre Wege trennten.

Er erinnerte sich an einen besonderen Abend. Wie lange mochte es her sein? Drei Jahre vielleicht. Sie waren auf einer Feier gewesen, die man wahrscheinlich nicht hätte abhalten dürfen. So etwas sah man sonst nur im Westfernsehen.

Im engen Wohnzimmer befanden sich etwa zehn Leute. Niemand davon stand still. Alle tanzten. Stöckelschuhe klapperten auf dem Boden. Bunte Röcke wirbelten zu den Klängen des Rock'n'Roll. Loreen hatte sich an diesem Tag eine weiße Schleife in die schulterlange Frisur gebunden hatte. Trotzdem fielen ihr bei den wilden Bewegungen immer wieder die gewellten Haare ins Gesicht. Über Uwe sagte man, dass er an diesem Abend aussah wie Elvis, nur eben mit braunem Haar.

Er dachte daran, wie Loreen ausrutschte und fast gegen einen Holztisch geprallt wäre, bevor er sie wieder hochzog. Seine Hand hatte sie danach nicht mehr losgelassen. Sie tanzten weiter, als wäre nichts geschehen, bis sie nicht mehr konnten und sich auf die Couch fallen ließen. Damals waren sie beide noch sehr unbesonnen und aus Loreens blauen Augen sprach die Sehnsucht, als sie ihm von ihren Träumen erzählte. „Wie gerne würde ich New York besuchen oder Paris, Venedig...", hatte sie gesagt.

„Det machen wir", hatte Uwe sich selbst sprechen gehört. Doch es war ihm ernst damit gewesen. Loreen blickte ihn mit weiten Augen an, als hätte er den Verstand verloren. Dann lächelte sie und wiederholte seinen Satz: „Das machen wir."

Damals war Loreen noch keine zwanzig gewesen. In den nächsten zwei Jahren begann sie sich zu verändern. Während er weiterhin dem Gedanken einer Flucht nachhing, hatte sie sich längst vom Westen verabschiedet. Ihr Kleidungsstil wurde schlicht, unauffällig, angepasst. Von Rock'n'Roll und Westfernsehen wollte sie nichts mehr wissen.

Es schien Uwe, als stünde auch zwischen ihnen eine Mauer. Loreens sehnsüchtiger Blick reichte vielleicht etwas über den Rand, doch viel sah sie nicht. Es gab doch noch viel mehr als New York, Paris und Venedig.

Dann kam der Tag, an dem sie ihm gesagt hatte, dass sie ihn nicht mehr sehen wollte. Uwe hatte versucht sie umzustimmen, obwohl er im Grunde wusste, dass es vorbei war. Sie wollte sich nicht mehr mit ihm treffen und legte den Hörer auf, wenn er anrief.

Jetzt kniete er vor diesem schwarzen Loch. Uwe hatte ganz vergessen, dass er nicht allein war. Bis er wahrnahm, dass Karl etwas auf den Boden stellte. Er warf einen Blick nach hinten auf den alten Lederkoffer. Für eine Reise sah er nicht stabil genug aus, die Schließe war verrostet. Sah so ein Koffer aus, mit dem man in ein neues Leben aufbrach? Der will nüscht weg, dachte Uwe. „Warum biste doch noch mitgekommen?"
„Ich... war neugierig. Ich wollte mir das mal ansehen."
Er blickte sich wieder um, als fühlte er sich beobachtet.
„Und da nimmste den Koffer mit? Lass ma' sehn." Uwe grinste, aber mit Karls Reaktion rechnete er nicht.
„Nein!" Karl griff schnell nach dem Koffer und wich zurück. Er bemerkte wohl Uwes Misstrauen und lächelte, aber es wirkte künstlich. War es wirklich nur Nervosität? „Das sind nur ein paar private Dinge, die möchte

ich nicht zeigen."

Uwe spürte, wie ihm das Blut aus dem Gesicht wich. Du vertraust den falschen Leuten, schallte Loreens Stimme in seinen Gedanken.

Karl schielte zur Tür, doch bevor er sich in Bewegung setzten konnte, kam Uwe, packte den Koffer am Griff und zog ihn nach links. Karl zog ihn nach rechts und der Koffer sprang auf. Papier wirbelte durch die Luft, eine Kamera fiel zu Boden.

Det wars, jetzt ham die mich, schoss es Uwe durch den Kopf, als ihm bewusst wurde, dass sein Freund ihn verraten hatte.

„Hast du die Nachricht jeschriebn?" Uwes Blick ging von den zerstreuten Blättern auf dem Boden zurück zu Karl. Der schüttelte den Kopf. „Ich soll nach Fluchtwegen suchen, deshalb bin ich hier." Er hob die Kamera auf. „Ich sollte Fotos machen."

„Nur Fotos, und mir spionierst du nüscht nach?"

„Nein, das soll ich tun. Aber..." Er schüttelte erneut den Kopf. „Ich will nur die Fotos machen. Das ist alles."

„Seit wann machste det für die?"

Karl öffnete kurz die Lippen, doch zögerte mit seiner Antwort. „Die hätten mich nicht mehr gehen lassen", begann er sich stattdessen zu rechtfertigen. „Ich würde immer noch im Gefängnis sitzen." Er schwieg, und auch Uwe sprach nicht mehr. Dann nickte Karl in Richtung des Loches in der Mauer. „Geh. Das ist wahrscheinlich das Beste, was du tun kannst."

„Jenau, und da drin wartet die Stasi oder ein Grenzer."

Karl gab nur einen zischenden Laut von sich, dann sprach er weiter: „Ich weiß es nicht. Ich weiß nicht, wohin der Tunnel führt." Er zuckte mit den Schultern. „Was hast du zu verlieren?" In diesem Punkt gab Uwe

Karl recht. Ob sie ihn hier festnahmen oder in diesem Loch, was machte das für einen Unterschied?

Uwe ging wieder zur Nische. An der Wand hing ein Seil, an dem er kräftig zog. Es würde sein Gewicht locker halten. Als er langsam daran hinabstieg, warf er noch einen Blick auf Karl, der seine Kamera nachdenklich betrachtete. Schließlich legte er sie zurück in den Koffer.

Es waren ungefähr 100 Meter, doch kam es Uwe vor, als sei es der längste Weg, den er je gegangen war. Der Tunnel wurde immer schmaler. Die Luft schien dünn. Er musste sich tief ducken, um durch die Holzbalken zu passen, die jetzt nach oben hin spitz zusammenliefen. Was würde ihn auf der anderen Seite erwarten? Und gab es überhaupt eine andere Seite?

Der Weg endete an einer Mauer. Etwa vier Meter über ihm brannte Licht. Eine nicht ebenmäßige Holzleiter führte zur Öffnung. Er kletterte langsam hoch, achtete auf alle Geräusche und versuchte selbst möglichst wenige zu machen.

Er hörte männliche Stimmen, die von mindestens drei Personen stammen mussten und abrupt verstummten. Seine Gliedmaßen zitterten jetzt so, dass er befürchtete abzurutschen. Er hielt den Atem an und machte sich ganz flach.

Mit Sicherheit waren da Grenztruppen. Vielleicht endete der Tunnel kurz vor der Mauer und er würde auf dem Weg in die vermeintliche Freiheit im Gefängnis landen. Er dachte darüber nach, wieder nach unten zu steigen.

Dann hörte Uwe leichte Schritte, die näher kamen. Ein leichtes Tiptap, offenbar auf Steinboden, was unmöglich von Militärschuhen stammen konnte. Erleichtert atmete er auf. Doch noch hatte er nicht den Mut weiterzugehen.

„Wer ist da?" Als Uwe die Stimme erkannte, hielt er erneut für einen Moment den Atem an.
„Keine Angst. Nun komm."

Er warf einen Blick nach oben auf ihr buntes Kleid, dass sie damals schon getragen hatte. Vor Überraschung verlor er beinahe den Halt.
Loreen streckte eine Hand nach ihm aus, als er den Ausgang auf Brusthöhe erreicht hatte. Er griff danach und fand wieder das Gleichgewicht. Oben angelangt, fiel er ihr um den Hals. Das Jubeln und Klatschen der Menschen hallte im Kellergewölbe wider. Unter den applaudierenden Leuten sah er den Mann mit der Tolle. Er sah jetzt anders aus, unbeschwerter.
Uwe konnte noch nicht gänzlich begreifen, was geschehen war. Wie er es geschafft hatte.
Loreens Lippen bewegten sich, doch es kam kein Laut heraus.
„Der Zettel", sagte sie, als sie sich wieder gefasst hatte.
„Du bist der Nachricht gefolgt."
Uwe nickte.
„Willkommen in Westberlin!" Loreen lächelte und sah ihn so an, wie er es von früher kannte. Es schien, als wäre alles, was zwischen ihnen stand, vergessen.
„Und wat machen wir jetzt?", flüsterte er ihr zu.
Sie zuckte mit den Schultern: „Wie wäre es mit New York?"

Melanie Michalak

Sepia

Das vergilbte Foto verschwand zuletzt im Abwasserkanal.

Auf dem Foto ist ein junges Paar zu sehen. Die Frau sitzt auf einer Holzbank, der Mann neben ihr auf der Armlehne. Er beugt sich etwas hinunter und sieht liebevoll zu ihr. Seine Hand liegt auf dem Arm der Frau. Die Frau hält einen kleinen Strauß Blumen in der Hand. Sie trägt ihre dunklen Haare zusammengebunden und lächelt den Mann an.

Bevor das Foto im Abwasserkanal landete, trug es der Wind von der Bank der Bushaltestelle davon. Dort hielt es zuletzt Maja in der Hand. Maja saß auf der Bank und wartete auf den Bus. Sie sah das Foto, nahm es in die Hände und betrachtete es. Sie musste dabei an ihre Eltern denken, die sich demnächst scheiden lassen wollten. Tränen stiegen ihr in die Augen. Ihre Eltern waren doch auch ein Paar – so wie die Leute auf dem alten Foto. Maja schloss die Augen und stellte sich vor, die Frau und der Mann auf dem Bild wären ihre Eltern. Und sie träumte sich selbst dazu. Sie würden alle drei lachen und sie – Maja – würde den Kopf auf den Schoß ihrer Mutter legen. Maja konnte den Stoff des knielangen Rocks, den die Frau auf dem Foto trug, an ihrer Wange fühlen. Sie öffnete die Augen. Eine Träne tropfte auf das Foto. In dem Moment kam der Bus, und die Türen öffneten sich mit einem lauten Zischen. Schnell wischte sie sich die Tränen aus den Augen, legte das Foto wieder auf die Bank, schnappte sich ihren Rucksack und stieg in den Bus.

Der junge Student, der sich mit Geigespielen an der Straßenecke etwas Geld dazuverdiente, hatte das Foto kurz zuvor auf der Bank vergessen.

Es lag plötzlich vor ihm auf den Pflastersteinen der Altstadt – direkt vor seinem Geigenkasten. Es musste jemand verloren haben. Er hob das Foto auf und betrachtete es eine Weile. Hinter dem Paar erkannte er einen Hintergrund, der aussah wie eine Fototapete. Nur mit gemalten Bäumen darauf. Er überlegte, wem es gehört haben könnte. In den letzten beiden Stunden hatten nur wenige Menschen seinem Geigenspiel zugehört. Er erinnerte sich nicht an jemanden, zu dem das Foto passte. Beim Anblick des Liebespaares auf der Fotografie dachte er an Jens – seinen Kommilitonen in der Akademie – und ihm wurde warm ums Herz. Jens wusste nicht, dass er schwul war. Irgendwann würde er ihm die Etüde vorspielen, die er für ihn komponiert hatte. Vielleicht, hoffentlich, würde Jens ebenso fühlen wie er! Der Student stellte sich vor, dass Jens und er eines Tages heiraten würden und steckte das Foto in seine Hosentasche. Später, auf dem Weg zur Akademie, öffneten sich seine Schnürsenkel. An der Bushaltestelle blieb er stehen, um sie zu binden. Er nahm das Foto aus seiner Hosentasche und legte es auf die Bank an der Bushaltestelle. Dort vergaß er es.

Dem Antiquitätenhändler war das Foto aus dem Buch gerutscht und auf die Straße gefallen, als er dem Geigenspieler zuhörte.

Das Buch unter seinem Arm hatte er von Else bekommen. Else versorgte ihn immer mit alten schönen Dingen. Die meisten davon konnte er nicht gebrauchen, weil Else zwar Sinn für Altes, aber nicht unbedingt für Wertvolles hatte. Jedes Mal, wenn sie mit einem neuen

Karton ankam, tat er so, als würde er sich freuen. Gemeinsam verstauten sie dann die Dinge in seinem Laden *Raritäten und Seltenes*. Danach tranken sie zusammen eine Tasse Tee und Else erzählte. Die Stunden mit ihr genoss er sehr, denn er war ein einsamer Mann. Das Buch mit dem Foto hatte sie ihm eindringlich in die Hand gedrückt und behauptet, es gelesen zu haben. Es wäre sehr gut und er müsse es auch unbedingt lesen. Als der Antiquitätenhändler das Foto in dem Buch fand, überlegte er, ob es Else darin vergessen oder absichtlich reingelegt hatte, denn es war eine Liebesgeschichte. Er hoffte, dass Else ihm damit ein Zeichen geben wollte. Ein Zeichen, dass auch sie ihn liebte. Deshalb war ihm das Foto wichtig. Noch traute er sich nicht, sie danach zu fragen. So benutzte er das vergilbte Foto als Lesezeichen. Er las am liebsten im Café in der Altstadt, bevor er seinen Laden öffnete.

Else legte das alte Foto in das Buch, das sie ihrem Freund, dem Antiquitätenhändler, bei ihrer nächsten Begegnung schenken wollte.

Das Foto hatte sie auf dem Flohmarkt gefunden. Es lag in einer Schachtel, die auf einem Tapeziertisch stand. Eine junge Frau verkaufte verschiedene Habseligkeiten. Else suchte nach Antiquitäten, dort gab es aber nichts, außer einem Buch und einem vergilbten Foto. Die junge Frau wusste nicht, was sie dafür verlangen sollte, und schließlich schenkte sie ihr das Foto. Else dachte beim Betrachten des Fotos an eine glückliche Ehe, die sie nie gehabt hatte. Das Paar wirkte in sich ruhend. Ein schöner Zustand. Ihre Ehen waren gescheitert. Bereits dreimal war sie verwundet worden. Innerlich und äußerlich. Das Leben hatte sie zu oft enttäuscht, eine Liebe zu einem Mann wollte sie nicht mehr riskieren. Sie fühlte sich zu müde und zu schwach für eine Beziehung. Else gefiel das alte Foto. Sie wusste, dass ihr Freund alte Fotos mochte. Sie passten so gut zu seinem Laden und erzählten längst vergessene Geschichten.

Carina war froh, den Krempel losgeworden zu sein. Diese Frau hatte gerade ein Buch gekauft und wollte dieses seltsame Foto unbedingt haben.
Carina konnte sich nicht erklären, wie ihr Freund überhaupt zu diesem Foto gekommen war. Eines Tages hing es an seinem Kühlschrank – neben den Kinderzeichnungen seines Sohnes. Er sagte, er hätte es in der Papiertonne gefunden. Sie nahm das Foto mit zwei Fingern von der Kühlschranktüre und betrachtete es genauer. Sie empfand ein wenig Ekel. Er hatte es ja schließlich aus dem Müll gefischt. Sie roch daran. Es roch alt, nach alten Menschen. Sie ließ das Foto in die Schachtel fallen. Dort befanden sich alle Dinge, die nicht mit in die neue gemeinsame Wohnung kommen sollten, wo sie nur schöne Sachen haben wollte. Die meisten Dinge in der Schachtel gehörten ihrem Freund. Sie hatte vor, die Sachen auf dem Flohmarkt zu verkaufen und damit etwas Startkapital für ein gemeinsames Leben einzunehmen. Für schöne Vorhänge zum Beispiel. Sie warf noch einmal einen Blick auf das alte Foto, das Paar darauf hatte auch ein neues gemeinsames Leben angefangen. Wann das wohl war? Das Foto erinnerte sie an ihre Uroma, die längst verstorben war. Sie dachte nicht weiter darüber nach, nahm die Kinderzeichnungen vom Kühlschrank und warf sie in den Abfalleimer.

Das Foto, das Chris während seiner Arbeit fand, lag ganz oben in einer Papiertonne.
Die Tonne war so überfüllt, dass der Deckel weit offen

stand. Da sah er das Foto. Seufzend drückte er den Deckel der Tonne nach unten und wollte sie gerade auf die Straße stellen. Aber er konnte das Foto nicht wegwerfen – zu all den Zeitungen, Prospekten und Kartons. Es steckte voll Erinnerungen. So wie seine Erinnerungen an längst vergangene Zeiten, die ihm wichtig waren. Schöne Zeiten mit Eva. Er hoffte, dass es mit Carina nun besser laufen würde. Eva hat ihn mitgenommen – seinen geliebten Sohn, den er schon drei Jahre lang nicht mehr gesehen hatte. Nur ein paar Kinderzeichnungen besaß er noch von ihm. Ein Anruf an Weihnachten und zum Geburtstag. Er wohnte jetzt im Ausland. Bei Eva und ihrem neuen Mann. Chris hatte nur einen Moment Zeit, das Foto zu betrachten, bevor er wieder hinten aufspringen musste. Schon rollte er mit dem Fahrzeug zum nächsten Zaun, wo die nächste volle Tonne auf ihn wartete. Das Foto steckte er in die Brusttasche seiner orangefarbigen Jacke. Zuhause befestigte er es an der Kühlschranktüre neben den Kinderzeichnungen seines Sohnes. Es kam ihm so vor, als wäre er der Mann auf dem Foto. Er und Eva – vor vielen Jahren. Hätten sie damals gelebt, wären sie vielleicht noch zusammen. Er, Eva und sein kleiner Sohn.

Die Familie von Alma Rieger war damit beschäftigt, ihre Wohnung aufzulösen. Alma war bereits 101 Jahre alt, ein beachtliches Alter, für das sie jeder bewunderte. Sie jedoch schien sich nicht sonderlich darüber zu freuen. Jetzt musste sie Abschied nehmen. Von dem Haus, in dem sie fast immer gewohnt hatte. Ein Platz im Heim war frei geworden. Dort würde sie sich ein Zimmer mit einer anderen alten Frau teilen. Die Familie sagte ihr nicht, was mit ihren Sachen passieren würde. Nur ein paar Dinge wollten sie ihr später ins Heim bringen. In einem Schrank, der seit dem Tod ihres Mannes vor zwanzig Jahren nicht mehr geöffnet worden war, befand sich ein alter, brauner Lederkoffer. Die Familie hatte ihn noch nie gesehen. Sie legten den Koffer auf das Bett der Frau und öffneten die kaputte Schließe. Es befanden sich wenige Dinge darin: Eine kleine Puppe, ein weißes Spitzennachthemd und alte Briefe, die niemand entziffern konnte.

Und ein Foto.
Auf dem Foto ist ein junges Paar zu sehen. Die Frau sitzt auf einer Holzbank, der Mann neben ihr auf der Armlehne. Er beugt sich etwas hinunter und sieht liebevoll zu ihr. Seine Hand liegt auf dem Arm der Frau. Die Frau hält einen kleinen Strauß Blumen in der Hand. Sie trägt ihre dunklen Haare zusammengebunden und lächelt den Mann an.

Julia Gehrig

Merry Christmas

Es ist kalt. Fröstelnd zieht er die dünne Decke enger an seinen mageren Körper. Sein Blick schweift unruhig über seine wenigen Habseligkeiten. Eine von Flecken übersäte Matratze, ein Paar Schuhe und ein Rucksack, der immer gepackt ist, falls er fluchtartig das Haus verlassen muss. Das Haus, das in den letzten beiden Monaten so etwas wie sein Zuhause geworden ist. Ein eisiger Wind zieht nachts durch die kaputten Fensterscheiben. Er kann den Schnee riechen. Es ist ein gutes Haus, es gibt ihm ein Gefühl von Sicherheit, das er seit seiner Kindheit nicht mehr gespürt hat.

Vorsichtig zerkleinert er die Krümel auf dem Brett in immer kleinere Stücke, bis sie die Konsistenz von Mehl haben. Er senkt den Kopf, führt das Röhrchen an das Brett, holt tief Luft und hält plötzlich inne. Hat er sich das eingebildet oder hat er tatsächlich Schritte gehört? Ein Zittern durchläuft seinen Körper, als er versucht die Geräusche einzuordnen. Er bewegt sich in die hinterste Ecke, das Zittern hat zugenommen. Er schaut auf seinen Rucksack. Wie erstarrt steht er da und blickt hektisch um sich. Eine Tür fällt krachend ins Schloss.
„Hallo? Hallo, ist hier jemand?", ruft eine glockenhelle Stimme. Angespannt starrt er zur Tür, die seinen Raum vom Rest des Hauses und von der Stimme trennt. Er fühlt sich gefangen. Es gibt kein Entrinnen. Mit einem Quietschen, das in seinen Ohren dröhnt, schwindet schließlich auch das letzte Stück Sicherheit, und der Kopf eines Mädchens erscheint.
„Oh!" Erstaunt blickt sie ihn an. „Ich dachte, hier wäre niemand."

Mit aufgerissenen Augen starrt er die bunten Haare des Mädchens an. Kurze Haare, die wie ein Regenbogen schimmern.

„Ich bin Mia", erklärt sie und macht einen Schritt auf ihn zu. Er versucht nach hinten auszuweichen, doch die Wand drückt sich bereits in seinen Rücken.

Vorsichtig macht Mia einen Schritt zurück. „Entschuldige, ich wollte dich nicht erschrecken. Wohnst du hier?" Neugierig blickt sie sich um, zieht fröstelnd die Schultern hoch und zeigt auf die zerbrochene Fensterscheibe. „Ziemlich kalt hier. Aber ich hab eine Suppe dabei. Möchtest du?"

Er rührt sich nicht vom Fleck. Die Erinnerung an eine glitschig warme Hand, die nachts um Verzeihung bettelte und gleichzeitig einen viel größeren Schaden anrichtete, wird durch das Absetzen ihres roten Rucksacks durchbrochen. Sie packt eine Jacke, einen kleinen Gaskocher, eine Tasse und Suppenpulver aus. Mit einem Feuerzeug entzündet sie die Flamme am Gaskocher. Ein Geruch nach Kartoffelsuppe durchströmt den Raum, während sie leise vor sich hin summt.

„V-Ver-Verschwinde", stottert er, seine Stimme ist kaum mehr als ein Flüstern. Erschrocken blickt sie zu ihm auf.

„Bitte, es ist so kalt draußen und hier ist doch Platz für uns beide."

„Geh!", knurrt er.

Mia schaut zu Boden. „Ich weiß nicht wohin", sagt sie.

Wieder ein Erinnerungsfetzen. Seine Schritte, die auf dem Beton hallten, als er davonlief. Die Kälte der Straße. Eine Pflegefamilie, die ihm das, was ihm von anderen angetan wurde, nicht mehr nehmen konnte. Und wieder die Straße.

Mia wärmt ihre Hände an der Tasse. „Die Suppe ist fertig." Sie bietet ihm einen Löffel an. „Probier mal." Zögernd macht er einen Schritt nach dem anderen auf sie zu. Kurz vor ihrer ausgestreckten Hand zögert er. Schließlich gewinnt sein Bedürfnis nach einer warmen Mahlzeit die Oberhand und er nimmt Mia den Löffel aus der Hand.

„Vorsichtig, die ist noch heiß!" Er gibt ihr den leeren Löffel zurück.

„Du kannst die ganze Suppe haben", sagt Mia. Mit einem Klirren stellt er die Tasse zurück auf den Boden und sieht ihr das erste Mal in die Augen. Mia hat ihn, während er die Suppe aß, verstohlen gemustert. Seine Handknochen stehen spitz hervor und seine Fingerkuppen starren vor Dreck. Die Wangen sind eingefallen, seine Wangenknochen durchbohren beinahe die Haut.

„Wie heißt du?" Mia hebt die Tasse auf. Nach einem kurzen Zaudern antwortet er: „Noah."

„Bekomme ich einen Zug, Noah?" Erschrocken sieht er sie an und schüttelt den Kopf. „Geh nach Hause. Hier ist kein guter Platz für jemanden wie dich."

„Jemanden wie mich? Wie meinst du das? Du weißt doch gar nichts von mir." Wütend sieht sie ihn an. Mit einem Nicken zeigt er in Richtung ihres Rucksacks.

„Du kannst noch nicht lange unterwegs sein, wenn du noch Gas und Fertigsuppen hast. Deine Haare riechen nach Shampoo, das kann ich bis hierher riechen."

„Du hast doch keine Ahnung!" Ihre Augen funkeln ihn an.

„Ich hab keine Ahnung?" Während er das sagt, zieht er sich innerlich zurück in eine Vergangenheit, die Mia nur erahnen kann.

„Sorry."

Stirnrunzelnd betrachtet er sie. „Eine Nacht. Morgen haust du wieder ab."

Er schiebt das Brett zu sich und zieht den Rest des weißen Pulvers in seine Nase. Eigentlich wollte er es für morgen aufheben. Erleichtert atmet er auf. Bald wird er fliegen, seine Ängste und Schmerzen vergessen und in eine andere Welt abtauchen.

Schweigend sitzen Mia und Noah in dem Raum und hängen ihren Gedanken nach. Noah lehnt an der Wand und starrt aus dem Fenster. Mia packt ihren Rucksack aus. In einer Thermoskanne ist noch warmer Tee, den sie mit Noah teilt, und eine Packung Kekse. Es knirscht, als sie in einen der Kekse beißt.
„Was meinst du, wer hat hier früher gewohnt? Eine glückliche Familie mit Vater, Mutter, Kind?" Verächtlich schnaubt sie, während ihr Blick jeden Winkel des Raumes erfasst. Alles sieht morsch und farblos aus. In einer Ecke steht ein schiefes Regal mit einem zerfledderten Buch. Ansonsten ist der Raum bis auf die wenigen Dinge von Noah leer.

„Was meinst du, wie es hier früher mal ausgesehen hat?" Sie wendet ihren Blick zu Noah, aber dieser starrt weiterhin aus dem Fenster. „Weißt du eigentlich, dass heute Weihnachten ist?" Noah zeigt keine Regung.
„Ich erzähl dir, wie es hier früher war, ja? Von dieser scheiß-verdammten-glücklichen Familie, die hier Weihnachten gefeiert hat." Ohne eine Antwort von ihm abzuwarten, fährt sie fort. „Hier in diesem Eck stand der größte und glitzerndste Weihnachtsbaum, den man sich nur vorstellen kann. Und hier, siehst du, wie die vier Kerzen auf dem Tisch leuchten? Kannst du das leise Klingeln hören, das alle zu Tisch ruft? Das Mädchen

sieht aus wie eine kleine Prinzessin in ihrem blauen Kleid und der Schleife im Haar. Alle haben sich schön rausgeputzt für dieses Fest." Mias Fuß wippt immer schneller. „Weißt du, wie viel eine Näherin in Pakistan verdient?" Nach einer kurzen Stille, die ohne Antwort bleibt, erzählt sie weiter. „Der Vater zerteilt die Weihnachtsgans, die sich sicher ein schöneres Ende vorgestellt hat. In jeder Ecke baumelt ein glitzernder Stern oder sonst etwas Kitschiges, und der Weihnachtsbaum strahlt und funkelt, dass man glaubt, man wäre auf Drogen." Entschuldigend sieht sie zu Noah, der sehr weit weg zu sein scheint. „Unter dem Weihnachtsbaum sind so viele Geschenke, dass man meinen könnte, es gäbe keine Armut auf der Welt. So eine scheiß perfekte Welt, die gibt es gar nicht. Das ist doch alles Mist!" Wütend verschränkt Mia die Arme. „Während die Familie hier feierte, verhungerten Menschen anderswo."

Erschrocken wendet sie sich Noah zu, als er leise sagt: „Ich weiß." Und dann fragt er: „Erzählst du weiter?"

„Aber das ist alles so ungerecht. Ich versteh diese kranke Welt nicht, die vom Ausbeuten der anderen lebt."

„Bitte?"

„Das ist doch nicht zum Aushalten!"

„Bitte?"

Mia versucht sich zu beruhigen. „Also, stell dir vor…" fängt sie leise an, während ihre Atmung langsam wieder ihren normalen Takt findet. „Unter dem Weihnachtsbaum sind Geschenke gestapelt. In rotes Papier eingewickelte Schachteln mit Schleife. Es sind so viele, dass sich das Mädchen nicht entscheiden kann, welche es als erstes nehmen soll."

„Was ist in den Schachteln?" Noah spricht so undeutlich, dass Mia ihn kaum versteht. Sie zögert. „In einer

Schachtel ist ein Armband. Ein silbernes mit einem kleinen Sternenanhänger." Leise fängt sie an zu singen:
„Leise rieselt der Schnee
Still und starr ruht der See..."

Noah dreht den Kopf vom Fenster weg und sieht alles vor sich. Das Wohnzimmer ist in sanftes Licht getaucht. Der Vater nimmt seine Tochter hoch und wirbelt sie lachend durch die Luft. Der Weihnachtsbaum glitzert. Ruhe breitet sich in ihm aus, während eine Träne über seine Wange läuft.

„Noah! Wach auf!" Verzweifelt rüttelt Mia an ihm, während sie ihre Hände rhythmisch auf seinen Brustkorb drückt. „Scheiße!" Sie schreit um Hilfe. Dann drückt sie auf ihrem Handy 112. Es sind die längsten Minuten ihres Lebens. Endlich hört sie den Notarzt.
Es ist zu spät, Noah atmet nicht mehr. Blass erscheint seine Haut in dem Raum. Mia wischt sich die Tränen aus dem Gesicht und packt ihre Sachen zusammen. Die warme Jacke aus ihrem Rucksack legt sie auf Noah und deckt ihn damit zu. Ein paar Schritte vom Haus entfernt, dreht sie sich noch ein letztes Mal um. Das Haus liegt im Dämmerlicht der anbrechenden Nacht. Es ist zerfallen und doch war es für Mia für kurze Zeit ein Zufluchtsort. Während sie Abschied nimmt, dreht sie an ihrem Armband, der kleine Stern hat sanfte Rundungen, die sie sachte berührt. Sie weiß nicht, was Noah alles erlebt hat, aber vermutlich hatte er nicht die gleichen Chancen gehabt wie sie.
„Merry Christmas", flüstert sie, bevor sie sich umdreht und auf den Weg macht.

Linda Hagspiel

Der Bus kam in der Walpurgisnacht

Ist echt nicht fair. Einfach nicht fair. Ich weiß ja, wie solche Geschichten ablaufen sollen, mit der Moral und so, aber mal ehrlich: Es ist nicht fair! Okay, ich war ein Dieb, aber schließlich war es bloß der Koffer von so einem blöden Touri.

Ende April, genau am letzten Tag des Monats, da machte ich meinen Fischzug am Fernbusbahnhof. Nicht der am Hauptbahnhof, der war zu gut bewacht und zu viele Gegenspieler liefen rum. Doch hier fand sich auch ne ordentliche Menge an Touris und ich musste mich nicht um die Kameras sorgen, denn für ne gewisse Flat-rate stellte sich der Wachdienst blind und taub.

Die Leute schimpfen über Diebstahl, aber ohne Abi in der Tasche muss man sich halt irgendwie über Was-ser halten. Mal ehrlich, wenn ich den Touris ihr Geld nicht klaue, machen es die Souvenirläden und die über-teuerten Lokale.

Jedenfalls kam um Punkt Mitternacht dieser silber-lackierte Bus, der nirgendwo auf dem Fahrplan stand. Waschechter Oldtimer, wie aus einem Film mit Heinz Ehrhardt. Der Firmenname Elf-Heim sagte mir nichts. Die Reisenden stiegen aus und reckten und streckten sich im Schein der Neonlampen. Passend zum Fahrzeug trug der Fahrer ne altmodische Uniform. Er öffnete den Laderaum und begann, die verstauten Koffer, Taschen und Rucksäcke hervorzuholen.

Der Bus war bis zom Baschte gefüllt, wie es bei uns so schön heißt. Damit hatte sich meine lange Warterei gelohnt. Mich unter so ne große Gruppe zu mischen, würde nicht schwerfallen, und zu dieser späten Stunde waren alle zu müde, um auf ihre Sachen zu achten.

Ruhig und unauffällig schlenderte ich neben den Touris entlang und tat, als wollte ich bloß meine Zigarette ausrauchen. Schien sich um eine internationale Reisegesellschaft zu handeln, mit Leuten aus allen Ecken der Welt. Umso besser, dachte ich mir. In so einem bunt zusammengewürfelten Haufen würde ich nicht weiter auffallen.

„Haben Sie Kleingeld?", sprach mich eine Frauenstimme von der Seite an.

Verdammt, können die Leute ihr Geld nicht mal auf ehrliche Weise verdienen? Ich wollte die Schnorrerin abblitzen lassen, da nahm ich sie richtig wahr. Eine junge Frau im Trenchcoat stand mit ausgestreckter Hand vor mir. Sie lächelte, aber ihre Zähne waren braun und verfault. Ihr dunkles Haar fiel frei über die Schultern. Es war so tropfend nass, dass es Flecken auf ihrem Mantel zurückließ, und an den einzelnen Strähnen klebte Entengrütze.

„Kleingeld", wiederholte die Frau ihre Frage, „oder Schmuck? Hauptsache, es glänzt und glitzert."

„Nee. Tut mir leid", stammelte ich.

„Schade." Die Frau wandte sich ab und zog mit ihrem Rollkoffer weiter. Ihre nassen Fußabdrücke blieben auf dem Asphalt zurück.

Die war doch im Bus, überlegte ich. Wieso läuft die rum, als hätte sie gerade im Dorfteich gebadet? Moment mal, war die etwa barfuß?

Nun sah ich mir die übrigen Touris genauer an und meine Verwirrung wuchs. Ein alter Knacker, der trotz der milden Temperaturen einen Pelz trug, warf sich einen Sack über die Schultern. Als nächstes folgte eine dunkelhäutige Schöne, gekleidet wie ne Bauchtänzerin aus Tausend und eine Nacht. Kamen die Leute gerade von einem Kostümfest? Oder war das ne Zirkustruppe? Reiß dich zusammen, dachte ich. Vergiss die Knatschjecken. Konzentrier dich auf den Fischzug.

Als ich nach einem Opfer Ausschau hielt, fiel mir der braune Lederkoffer auf. Ohne Räder oder ausfahrbare Griffe. Dass es so ein altes Model noch gab?

Der besagte Koffer gehörte offenbar zu einem kleinen Mann, der vor der Anzeigetafel mit den Buslinien stand. Eine der Schließen am Koffer war offen. Entweder hatte sein Besitzer das Zuklappen verschwitzt, oder sie war einfach nur Schrott. Perfekt. Das Teil würde umso leichter zu knacken sein.

Ich zog ein letztes Mal an meinem Glimmstängel und näherte mich dem ahnungslosen Touri. Er trug ne grün-gescheckte Jacke aus Tweed und ne Melone auf dem Kopf. Ich beugte mich vor, warf meine Kippe in den Aschenbecher neben der Tafel und schnappte mir beim Zurücktreten den Lederkoffer. Alles lief wie geschmiert. Der Trottel bekam rein gar nichts mit.

Ich ging ruhig fort, als ob es mein Gepäckstück wäre. Sobald auch nur jemand etwas rief, würde ich es fallen lassen und verduften.

Inzwischen hatte ich den Rand des Bahnhofs fast erreicht. Noch zehn Schritte, dann würde ich loslaufen.

Dumpf knallte der Lederkoffer auf den Asphalt. Der Ruck kugelte mir fast den Arm aus. Deuvel noch eins! Das Teil schien plötzlich eine Tonne zu wiegen. Ich zerrte und zerrte, doch das Gepäckstück ließ sich keinen Zentimeter bewegen. Das ging doch nicht mit rechten Dingen zu.

„Boyo! Was du machen mit meinem Koffer?"

Gefolgt vom Busfahrer kam der Besitzer auf mich zu und fuchtelte drohend mit einem Spazierstock. Höchste Zeit, Land zu gewinnen. Doch als ich davonrennen wollte, konnte meine Hand den Griff nicht loslassen. Mein Anlauf wurde so abrupt gestoppt, dass ich fast auf den Boden schlug. Was lief denn hier ab?

„Glauben du, dass du kommst mir so einfach davon?" Der kleine Mann mit der Melone baute sich vor mir auf. „Also, was machen du mit meinem Koffer?"

Sofort zwang ich mich unschuldig zu lachen. „Ach, das ist Ihrer? Hab ihn doch glatt mit meinem verwechselt." Während ich den Idioten spielte, versuchte ich meine Hand von diesem verflixten Lederkoffer zu lösen, aber es war wie verhext. Verhext? War heute nicht Walpurgisnacht? Die Nacht, wo Hexen und Elfen umherziehen sollen. Moment, was stand auf dem Bus?

Wütend stach der Besitzer mit seinem Stock auf den Boden. „Mach du mir nichts vor, Boyo. Ein Dieb du bist." Er wandte sich an den Busfahrer. „Was geschehen sollen mit ihm?"

Der Fahrer musterte mich kurz und erwiderte: „Im Namen meiner Gesellschaft entschuldige ich mich für die Unannehmlichkeiten, Herr Clúracán, aber da Ihre Reise mit uns beendet ist, obliegt die Verantwortung für

Ihr Gepäck nicht länger uns. Bestimmen Sie über den Sterblichen."

Sterblicher? Die Angelegenheit wurde mir unheimlich. „Okay, ich gebe zu, ich wollte das Teil klauen. Lassen Sie mich gehen. Ich mach's auch nicht wieder." Der kleine Mann hörte mir nicht einmal zu. Nachdenklich kratzte er sich am Kinn und musterte den kaputten Verschluss an seinem Koffer. Ein Lächeln, das mir gar nicht gefiel, erschien auf seinem Gesicht.

„Wie passend, Boyo, dass brauchen ich eine neue Schließe." Daraufhin schnippte er mit den Fingern.

Tja, da habe ich mir echt das falsche Ziel ausgesucht. Zumindest hat der Koffer dieses Deuvels wieder eine Schließe, die funktioniert. Ich hingegen klebe nun an diesem vermaledeiten Gepäckstück fest und kann keinen Finger rühren. Nicht, dass ich noch welche hätte. Mein ganzer Körper ist ja fort.

Ich möchte um Gnade betteln, um Hilfe schreien, aber ich kann es nicht mehr. Am Anfang konnte ich wenigstens noch sehen und hören. Inzwischen spüre ich nur noch den Druck der Finger, wenn der kleine Mann mich aufschließt, sowie den Geschmack von Metall im Mund, wenn der Koffer wieder geschlossen wird.

Wie kann man ohne Mund schmecken? Moment, was ist noch mal ein Mund? Richtig, ein Körperteil. Ein Körper. Besaß mal einen Körper, als ich noch…? Was war ich nochmal? Hilfe, mein Verstand zerfließt! Es ist nicht fair!

Stephan Priddy

Stierblutrot

Als Ignaz rücklings über den Milchkübel gestolpert war und nun in einer weißen, nach frisch gemolkener Milch duftenden Lache lag, begann die Sonne gerade feuerrot ihren Untergang und es wurde langsam Nacht auf dem Berg.

„Was war das nun gewesen?" Ignaz sah sich um, als wollte er einen anderen Schuldigen finden als sich selbst und seine Unachtsamkeit. „Nein, nein, an der verschütteten Milch da bin ich schon selbst schuld." Er strich über seinen schmerzenden Ellbogen, auf den er gefallen war, und rappelte sich ungelenk und steif auf.
Das hat es jetzt gebraucht, Herrschaftszeiten, und Carola, die einzig verbliebene seiner sieben Kühe in dem kleinen dunklen Stall, hat ihre Milch für nichts und wieder nichts gegeben. Carola, eine gutmütige Braungescheckte, hatte das große Feuer, das vor zwei Jahren in einer heißen Augustnacht auf dem Berg wütete, überlebt. Alle anderen Kühe konnte Ignaz nicht rechtzeitig aus dem Stall retten, in den der Blitz gefahren war. Der Kuhstall brannte lichterloh, erleuchtete den Nachthimmel und der atemraubende Rauch legte sich vor den Sternenhimmel. Er hatte Carola zum Waldrand gebracht, hatte kontrolliert, dass die Flammen nicht auf die Almhütte übergreifen würden, und dann konnte er nur noch zusehen. Zusehen, wie die Feuerzungen sich durch das trockene Holz fraßen und nichts als einen rotglühenden Haufen zurückließen und sechs verkohlte Kuhleiber. Schon in der Woche darauf baute er einen neuen Stall auf dieselbe Stelle, die Versicherung zahlte einen Schadensausgleich. Sogar noch schöner wurde der

neue Stall. Jetzt nach seinem Sturz hintenüber vom Melkschemel holte er den gelben Milcheimer, der in eine Ecke des Kuhstalls gerollt war, wischte die Milchpfütze mit mehreren Fäusten Stroh auf und ging kopfschüttelnd über sein Ungeschick zur Stalltüre. Die Stalltüre hatte er letzte Woche neu gestrichen, in Stierblutrot. Nicht dass diese Farbe eine gewöhnliche Farbe für Stalltüren im bayrischen Oberland wäre. Nein, sie musste sogar extra im Farbengeschäft Zeitler, in Oberammergau seit 1892, zusammengerührt werden. Karmesinrot, ein sehr dunkles Braun und ein wenig Weiß. Die Farbe war nicht billig gewesen und dann musste Ignaz den Farbeimer noch auf seinem Rücken die zwei Stunden Aufstieg zur Almhütte tragen. Der Schweiß war ihm an diesem Herbsttag schon nach zehn Minuten von der Stirn getropft und sein Achselschweiß war ihm an den Seiten heruntergeronnen, dann kalt verdampft, sodass er auch gleich noch fror. Aber helfen konnte ihm da keiner und verstehen hätte ihn auch keiner gekonnt. Wie sollte er dem Franz Brandstätter, der ihn sogar noch gefragt hatte, erklären, dass er erst wieder ruhiger schlafen könnte, wenn die Stalltüre stierblutrot zu seinem Stubenfenster herüberleuchtete?

Wie sollte er irgendwem erzählen, dass er sich vor seiner Einsamkeit fürchtete? Dass ihm seine Unentschlossenheit zuwider war, die der Grund dafür war, dass er nach dem Feuer immer noch auf dieser armseligen Alm saß. Warum hatte er nicht längst seine Frau, seine Kuh und sich selbst ins Tal gebracht, wo sich das Leben leichter leben ließ? Wo es nicht so beschwerlich war und wo Leute um ihn herum wären? Seine Frau hätte er längst in ein Heim geben sollen, wo man sich um sie kümmern würde. Ja, auch seine Anna wurde ihm zur Last und er fürchtete sich davor, dass sie sterben könnte, weil er sie nicht richtig versorgte. Aber dann kam ja Birga auf die Alm, im Sommer war das gewesen. Birga, die ihm die letzten Wochen ein manches Mal durch seine Gedanken schlüpfte, was ihm seine tägliche Arbeit leichter machte.

Bevor er wacklig aus dem Stall trat, wanderte sein Blick zu der Ansichtskarte, die im Holzrahmen der Türe klemmte. Die Karte von Birga, die ihn auf die Idee brachte, seine Stalltüre zu bemalen, als stünde der schiefe Kuhstall in einem Birkenwäldchen in Schweden. In Lappland, um genauer zu sein. Ja, stierblutrot, wie diese heimeligen Hütten in dem weiten Nordland, wo noch Bären und Wölfe durch die Wälder streifen, so hatte sie ihm am Stubentisch nach der Stallarbeit erzählt. Dieses Rot der schwedischen Häuschen, das die karge, schwarz-braun-weiße Landschaft schmückt und Ignaz mit jedem Blick auf die Postkarte lockte und ihn in sehnsüchtiges Schweigen schickte. Er war nie nach Schweden gereist, im Ausland war er überhaupt noch gar nie gewesen, und eigentlich wollte er auch nie woanders sein als hier auf dem Kranzkogel bei seinen Kühen und der grauen Katze, die manchmal sein stummes Tun von einem Holzstoß herunter beobachtete. Jetzt zog er die Grußkarte aus dem Holzspalt und stieg schwerfällig die zwanzig Schritte hinauf zu seiner Steinhütte, der Kranzkogleralm.

Im letzten Sommer war es gewesen, da kam die junge Frau aus dem Schwedischen auf die Alm. Ohne Vorankündigung stand sie an der Stubenschwelle, im grellen Licht, es war mittags, das wusste Ignaz noch genau, und sah frech zu ihm herein, ohne ein Grüß Gott.

„Bist du Ignaz und willst Hilfe bei deiner Frau?"

„Naa, ich brauch keine Hilfe und ich bin Ignaz, ja. Wer bist jetzt du?"

„Birga. Komme herauf zur Pflege für die Frau."

„Meine Frau schläft und ich kümmere mich um sie. Ich brauch niemanden da heroben. Grüß Gott, dann."

Ignaz stand damals vom hölzernen Stubentisch auf, vom Tisch, den er mehr brauchte als einen Stock. Wenn er keine Kraft mehr fand und müde war von der Stallarbeit. Und wenn er meinte, dass es jetzt wirklich nicht mehr weiter ging mit ihm und seiner Frau, die hinten in der Bettstube lag, leise vor sich hinmurmelte und manchmal auch laut schnarchte, weil sie nicht mehr gut Luft bekam. Seit zwei Jahren ging das schon so und er glaubte fest daran, dass sie bald sterben würde.

Dann hatte sich das Amt gemeldet und es ihm schriftlich gegeben, dass er sich nicht gut um seine Frau sorgen könne. Was wissen die schon? Wenn man sie braucht, ist keiner da von denen. Gut, gerührt hat er sich auch nicht, weil er seine Ruhe haben wollte da heroben. Dann hatten sie ihm Birga geschickt zur Hilfe. Gefallen hat sie ihm gleich sehr, ihre strohblonden wilden Haare und ihre langen Beine, die in hellbraunen Wanderhosen steckten. Und dann hat sie noch eine feine Bluse angehabt, zu fein für einen Ausflug auf die Alm. So sind sie, die Bergtouristen, hatte er noch gedacht. Aber ihre Art, also die war ihm nicht recht. Birga tat gleich, als wäre sie bei ihm zuhause und sprang ohne zu fragen an ihm am Stubentisch vorbei an das Krankenbett seiner Frau, nahm Annas Hand zart in die ihre und streichelte ihr mit der anderen lieb über den Kopf. So forsch war sie, und bestimmend. Auch er saß manchmal bei Anna am

Krankenlager, aber nicht allzu lange. Er hatte keine Ruhe dabei und dann musste er in den Stall, zum Brunnen oder in den Wald nach dem Rechten sehen.

„Ignaz, du gehst in den Stall. Ich bleibe bei deiner Frau."

Und so blieb Birga bei seiner Frau und ihm auf der Alm den ganzen Sommer über und bestimmte, pflegte, kochte und wusch. Und brachte eine Wärme und Freundlichkeit in seine Hütte, dass es ihn verwunderte. Ignaz gewöhnte sich an sie und das war ihm recht so. Er beobachtete Birga bei allem, was getan werden musste, und abends saßen sie beide müde am ungehobelten, dunkelfleckigen Stubentisch. Meistens schaute er ihr heimlich zu beim Waschen und Kämmen von Anna. Ein anderes Mal beobachtete er sie konzentriert, wie seine Katze auf dem Holzstoß beim Stubeauswischen.

Er vertraute Birgas Kraft in den sommerbraunen, festen Armen und ihren hellblauen schnellen Blicken, wenn sie eine neue Arbeit begann. Auch im Stall beim Melken oder im Wald beim Holz machen.

Er staunte jeden Tag über ihre sicheren und hüpfenden Schritte über die Bergwiese und die verzweigten Waldwurzeln. Und so wachte er jeden Morgen auf mit der Freude auf die junge Frau, auch wenn sie es war, die weiterhin den Tag und ihre Arbeit auf der Alm bestimmte. Bestimmte, wie alles sein sollte. Am Ende war dann auch jeder Tag genauso, wie auch Ignaz ihn gewollt hätte.

Wenn ihm die Ordnung und das Zusammensein mit Birga unheimlich und eng wurde, ging er zu Carola, die ihm mit ihrem nassen Maul Gras aus der Hand fraß und er strich ihr über den Rücken und massierte ihre Ohren. Manches Mal flüstere er der Braungefleckten auch eine Lebensfrage ein. Ignaz war sich sicher, dass sie sich ein paar Gedanken durch den Kopf gehen ließ.

Dann, zurück in der Hütte, fühlte er sich auch wieder gut mit Birga und zusammen hörten sie wortlos auf das röchelnde Atmen von Anna. An manchen Abenden, wenn sie müde vom Tag am Tisch saßen, fing Birga zu erzählen an und Ignaz sah ihr währenddessen fest in die Augen, wie um aus ihren Blicken Bilder von Schweden einzusammeln. Und die Landschaft mit ihren sanften, apfelgrünen Hügeln und den schwarzweißen Tupfen der Birkenstämme zog durch Ignaz' Träumerei bis hin zum Meer, das er sich jetzt so gut vorstellen konnte.

„Ich kann mir gut denken, dass es dich da bald wieder hinzieht, Birga, dass du bald wieder heim magst. Wenn du doch so ein schönes Daheim hast. Wie magst du da länger in den Bergen bleiben, wo es nur Kühe und die Alm und … und die Anna gibt."
Erwidert hatte sie nichts, nur nach ihrer Art gelacht und seinen Satz vom Tisch gewischt. Er wusste gar nicht, wohin er schauen sollte, außer in Birgas liebes Gesicht. Und als sie dann beim Aufstehen ihre Hand warm und leicht auf seine Schulter legte, zog ihr Lachen bis zu seinen Fußspitzen.
„Es ist schon spät und wir sind müde. Gute Nacht, Ignaz. Schlaf gut."

Am letzten Septembertag verschwand Birga. Plötzlich war sie weg ohne ein Wort zum Abschied oder ein Warum. So fragte sich auch Ignaz nicht nach dem Warum, nahm ihr Weggehen hin. Vielleicht war er auch ein bisschen froh darüber, wieder ruhig seine Gedanken denken zu können und für sich zu sein. Auch beim Essen und Schlafen war er lieber allein. Das einsame Leben richtete sich wieder bei ihm ein, so wie auch alles Laute, die Maschinen der Holzarbeiter oder das Rufen der nicht so seltenen Bergwanderer, verklang und die Herbstzeit in aller Stille einkehrte. Manchmal vergaß er sogar Anna, vergaß, dass er ihr mal wieder ein liebes Wort zuflüstern wollte.

Zwei Wochen waren vergangen und das Laub des Bergwaldes leuchtete feuerrot. Abends auf dem kurzen Weg zum Stall, Ignaz' Atem bildete kleine Frostwolken vor dem Mund, kam die Postkarte von Birga aus Schweden. Franz brachte sie ganz aufgeregt und von weitem laut rufend herauf auf den Berg. Ignaz nahm sie dem keuchenden Freund aus der Hand, ging zur Stalltüre und steckte sie an den Holzrahmen. Dort blieb sie dann bis zu seinem Sturz in die verschüttete Milch. Den Franz nahm er gleich mit zur Hütte und kochte einen Kaffee, damit er sich wärmen konnte, bevor ihn Ignaz wieder ins Tal schickte.

„So, jetzt ist sie weg, die Birga, deine helfende Hand. Was schreibt sie dir denn?"
Ignaz stützte seinen Kopf schwer in seine Hände und tat, als würde ihn das nichts angehen. „Hab doch gar nicht draufgeschaut, was soll sie schon schreiben? Werden Grüße sein. Bedauern tut mich so eine nicht."
„Ignaz, Ignaz. S'ist ein sauberes Weibersleut, deine Birga."
„Ist nicht die Meine."
„Aber sie hätt' es sein können, wenns'd nur…"
„Jetzt hör auf mit dem Schmarrn, geh weiter und lass mich in Ruh."

Grußlos packte der Franz seinen grünen Filzhut, ging talwärts und schüttelte nur kurz mit dem Kopf ein Nein in die fragenden Gesichter der Nachbarn, die am Ortsrand auf die Auskunft darüber gewartet hatten, wie es um den Ignaz stand.

Seit diesem vermaledeiten Tag las Ignaz die Karte von Birga ein ums andere Mal. Er fand keine Entschuldigung von ihr, keine Erklärung für ihn, und das machte seine Hände zittrig und ein dunkelgrauer Schatten zog um sein Herz.

Das alles war, bevor er vom Melkschemel gestürzt war. Jetzt danach, beim wieder Aufstehen, floss eine Zartheit durch sein Herz, etwas Helles, wie warme Milch, die ihm beim Melken zuweilen über die Finger rann. Hatte es ihm die Füße unter dem Boden weggezogen, weil er schwach wurde mit der Zeit, von der Arbeit auf der Alm? „Was ist mir da passiert, Carola?", fragte er seine Kuh.
Rötlich und brennend, wie der Sonnenaufgang über dem Kranzkogel, hielt ihn ein Gefühl wach und machte ihn ganz verlegen. Das, was da so in ihn hineinkroch, ließ sich von ihm nicht mit einem Schulterzucken abtun, das hing sich fest, wie der schwere Rucksack, mit dem er jeden Freitag alles Notwendige zum Leben auf den Berg trug.

Sie warte auf ihn, hatte Birga auf die Karte geschrieben. Wie einzelne schwarz-weiße Birkenstämme standen die Buchstaben nebeneinander, als wollten sie den Blick zum Meer verstellen. Sie wartete im Norden zwischen den Birken auf ihn.
Und gehst du noch ein Stück weiter, Ignaz, dann siehst du das Meer, schrieb sie da. An manchen Tagen ist es

ganz grau und dann meinst du, es irgendwo am Nordpol verschwinden zu sehen oder noch viel weiter dahinter. Aber das Meer ist immer da, das hatte sie auch geschrieben. Sie sei auch da in Rovaniemi und dort könne er sie finden. Es grüßt dich Birga.

Also steckte er die Postkarte in die Tasche seiner verschlissenen Stallhose und ging zu Anna ans Bett, strich ihr leicht über ihre kalte Wange. Sie seufzte, aber er glaubte nicht, dass das wegen seinem Streicheln war. Ob sie ihn verstehen konnte? So, wie sie ihn einmal verstanden hatte, als sie noch miteinander sprechen konnten? Oder zusammen lachen und glücklich sein konnten. Er drehte ihr den schmerzenden Rücken zu und holte die schwere, schwarzglänzende Pistole aus dem Wäscheschrank neben dem Kanapee.

Weil Ignaz jetzt wusste, was er tun musste, ging er über die braungelben Wiesentritte in den Stall direkt zu Carola. Die Kuh sah ihm mit ihrem weichen Blick entgegen. Ignaz legte ihr seine Hand auf die Kruppe und streichelte das warme Fell. Er steckte seine Nase hinter Carolas Ohr, dorthin wo er nicht genug bekommen konnte von ihrem Duft nach frischem Heu und sauberer Tierhaut. „Carola, Liab, ich muss jetzt weg, dich alleine lassen. Das Herz ist mir weh, glaubst mir das? So wär's ja nimmer weitergegangen. Verstehst das? Gell, du verstehst mich schon. Du schon."
In dem Moment als er Carola in die breite Stirn schoss, schrie Ignaz seine Verzweiflung und Traurigkeit durch den Stall, und Carola fiel schwer auf den Streuboden. Draußen stimmten die ersten Vögel ihre Lieder an.
Ignaz wusste, es war besser so für Carola. Er wusste, welche Qual sie auf dem Weg zum Schlachter hätte

erleiden müsste, bevor es endlich zu Ende gewesen wäre mit ihr. Nein, das wollte er Carola und sich ersparen. Und trotzdem machte es ihm den Hals eng und Tränen versperrten seinen Blick auf das tote Tier.

„Ist schon gut, Carola. Ist das Beste. Ganz bestimmt."

Schnell musste es jetzt gehen. Ignaz packte den so selten benutzten Lederkoffer, legte Wäsche und zwei gebügelte Hemden hinein und klappte ihn zu. Darum herum wickelte er einen Kälberstrick, weil sich der Koffer nicht ganz schließen ließ.

„Anna, Liab, sei mir ned bös. Was sollt ich denn tun? Schau, du verstehst ja nicht und die im Dorf können viel besser zu dir sein." Annas Hände krampften sich in seine, machten es ihm schwer, und dann ließen sie ihn los, als wäre das ihr stilles Einverständnis.

Er stieg ins Tal hinunter dem Franz entgegen, dem er erzählt hatte, dass er sich auf den Weg machen musste. Zum Meer. Er sagte dem Franz, dass sie seine Frau holen sollten, ins Tal, ins Heim. Die Carola musste auch geholt werden. Franz nickte stumm und forschte in Ignaz' Augen, nach einer Wehmut vielleicht oder einer Ängstlichkeit. Aber der Blick seines Freundes war dunkel und fest. So nickte er noch einmal, rückte verlegen an seinem Hut und stieg an Ignaz vorbei weiter bergan zur Kogleralm.

Für Ignaz war nun alles geregelt. Nur sein schmerzender Ellbogen ließ ihn spüren, wovon er wegging, war aber nicht der Rede wert. Er hatte Birga im Sinn, silbern schimmernde Birken und das Meer.

Brigitte Mattes

Souvenirjagd

Da standen sie alle teilnahmslos in ihrem Regal und starrten ins Leere. Langeweile hatte sich unter ihnen breitgemacht. Sie kamen als Souvenirs aus unterschiedlichen Ländern, von ihm, ihrem langjährigen Gefährten, von seinen Reisen, die sie immer wieder für Tage oder Wochen trennten, Jahr ein, Jahr aus – immer dasselbe. Nähe und Distanz, Wiedersehen und Abschied, Glück und Verzweiflung, Annäherung und Entfremdung, der Wechsel in furiosem Tempo.

Seine Souvenirs waren Immigranten der besonderen Art: Der erste war ein Reiseleiter aus Porzellan, 30 Zentimeter groß, in albernem Nikolauskostüm mit schwedischer Flagge auf der Mütze. Dieser sollte ein Ersatz sein, wenn er mal wieder nicht da war. Der Porzellan-Reiseleiter stand da, in typischer Köperhaltung, und zeigte mit dem linken Arm nach oben, wie der Gefährte vermutlich in Richtung einer Sehenswürdigkeit. Vielleicht das ein oder andere Schloss von König Ludwig II. von Bayern. Oder die Lorelei? Oder das Straßburger Münster? Gestikulierte er auch wie der Gefährte und erklärte Geschichtliches und Amüsantes?
Neben dem schwedischen Reiseleiter auf dem Regal saß die winkende, rote japanische Katze. Warum um alles in der Welt winken in Japan Katzen, fragte sich die Gefährtin mit Blick auf dieses Mitbringsel. Die rote japanische Katze lächelte maskenhaft und schaute bewundernd zum Reiseleiter auf. Darunter platzierte sich die schwarze japanische Katze. Sie winkte nicht. Sie glotzte mit weit aufgerissenen Augen.

Platt ausgestreckt lag etwas weiter weg ein weißer Seestern. Er kam aus dem Meer vor Paros, einer Insel in der Ägäis. Nachts, wenn es ruhig war im Haus, und der Seestern etwas erleben wollte, bat er seinen Nachbarn, das rote Schwein mit schmalem Schlitz am Rücken, um Unterhaltung. Der Seestern hievte sich dann auf das rote Schwein und schaute am liebsten durch dessen Schlitz in sein Inneres. Dort sah er weiße Zettel mit Ländernamen: Guatemala, Myanmar, Kuba, Vietnam. Gemeinsame Traumziele der beiden Gefährten.

In jener Nacht aber wurden die Souvenirs unruhig und hatten panische Angst. Sie drängten raus in den Garten. Die Gefährtin tobte durchs Haus und verfluchte ihren Gefährten. Er hatte sich klammheimlich aus ihrem Leben geschlichen, und das raubte ihr den Schlaf.

„Heute jage ich euch für immer aus meinem Haus, auch ihr sollt aus meinem Leben verschwinden!"

Als erstes sprang der Reiseleiter aus Porzellan lässig vom Regal. Lautlos setzte sich daraufhin die Gruppe in Bewegung, huschte zur Türe und dann nach draußen. Im Garten versammelten sich alle in der sternenklaren Nacht, um sich weiter in Richtung Weiher und dann in den Wald zu flüchten.

In dieser Nacht sollten sie wirklich etwas erleben. Unverhofft tauchte plötzlich draußen die wildgewordene Gefährtin auf. Sie war mit weit aufgerissenen Augen und zerzaustem Haar um ihr Haus gerannt, um ihre Verzweiflung zu lindern. Sie trug ein rotes Nachthemd und dunkelgrüne Gummistiefel. In ihrer rechten Hand schwenkte sie einen Vorschlaghammer. Die Wut auf ihren Gefährten war so groß wie 110 Vulkane, die unter der Erde brodelten und auszubrechen drohten. Sie sah gigantische Aschewolken aus seinen jahrelangen Lügen über sich in den Himmel aufsteigen und hoffte, sie würden in den Weiten der Milchstraße verpuffen.

Als der Reiseleiter aus Porzellan und die Viecher sie erblickten, stockte ihnen der Atem. Die wildgewordene Gefährtin rannte direkt auf sie zu und schwang den Hammer im Rhythmus ihres Laufschrittes. Der Seestern begann auf dem roten Schwein so heftig zu zittern, dass er es zum Vibrieren brachte. Die beiden japanischen Katzen verzogen keine Miene, die Rote winkte immer noch. Der Reiseleiter aus Porzellan hob den Arm und zeigte auf die rasende Gefährtin. Das war das Kommando, bei dem sich die Gruppe plötzlich in Bewegung setzte. Sie rannten geschlossen mehrmals ums Haus, versuchten die Gefährtin abzuhängen. Dies gelang ihnen nicht, denn sie lief sehr schnell und änderte abrupt ihre Richtung. In der sternenklaren Nacht stieß die Gruppe voller Wucht mit ihr zusammen. Dem Reiseleiter aus Porzellan riss es beim Aufprall gleich den Kopf ab. Er flog in hohem Bogen an die Hauswand, wo er am Fallrohr zerschellte. Auf dem Rücken im Gras blieb sein Körper mit dem ausgestreckten linken Arm in Richtung Himmel liegen. Die wildgewordene Gefährtin hob den Hammer und donnerte auf den filigranen Porzellankörper. Mit einem Schlag pulverisierte sie ihn und hinterließ für seine Überreste auch noch eine tiefe Kuhle in der Erde.

Die Viecher schrien und rannten orientierungslos umher. Das rote Schwein war vollkommen erschöpft unter der Last des Seesterns. Die rote Katze machte zwar einen Buckel und fauchte, winkte aber trotzdem immer noch. Die Schwarze war unentschlossen und starrte auf das schwitzende, rote Schwein. Der Seestern verdeckte durch seinen massigen Körper dem Schwein die Sicht. Es wankte orientierungslos umher.

„Na wartet, jetzt seid ihr dran. Einer nach dem anderen", kreischte die Gefährtin außer sich durch die helle Nacht.

Sie streckte sich mit ihrem Hammer nach dem roten Schwein mit dem Seestern auf dem Rücken, holte aus und traf exakt. Weißer Staub und zerquetschte Tentakel bedeckten die Erde. Die Katzen miauten jämmerlich und schüttelten sich den Seesternstaub ab. Zwei halbe Seesternarme leuchteten auf der dunklen Erde und zuckten noch. Als die Gefährtin diese sah, schob sie sie zusammen, stellte sich breitbeinig davor und hob den Hammer mit beiden Händen über den Kopf.

„Das habt ihr jetzt davon! Hier kommt das Ende." Mit irrem Blick donnerte sie den Hammer in Richtung Boden. Das Schwein starb langsam, es war genau halbiert. Beide Hälften zuckten noch, die eine quiekte sogar, zwei dicke Beinchen strampelten wild im Todeskampf. Die Gefährtin beschloss sich Zeit zu nehmen und setzte sich zwischen die Schweinehälften. Die beiden japanischen Katzen waren zwischenzeitlich geflüchtet. Die Rote saß in sicherer Höhe auf dem Dachfirst und winkte immer noch, die Schwarze gesellte sich zu ihr aufs Dach. Die beiden beobachteten die Gefährtin, wie sie unten auf der Erde saß. Sie nahm die quiekende Hälfte des Schweins in die Hand und beobachtete die zappelnden Beinchen. Sie brach zuerst das eine, dann das andere ab. Die Gefährtin grub neben sich ein Loch und steckte sie hinein. Die beiden anderen Beine schlug sie mit dem Hammer ab und legte sie auch dazu.

Den Rest vom roten Schwein warf sie achtlos über den Zaun auf die Straße. Die beiden Katzen auf dem Dachfirst fühlten sich sicher und beobachteten das Geschehen. Die Gefährtin hielt einen Augenblick inne und begann, sich immer schneller im Kreis zu drehen. Ihr rotes Nachthemd blähte sich zu einer rotierenden Säule auf, in der sie ganz zu verschwinden schien. Sie taumelte, verlor das Gleichgewicht und sank entkräftet auf den Boden, wo sie auf dem Rücken liegenblieb und die beiden japanischen Katzen erblickte. Mit dem rechten Zeigefinger deutete sie in Richtung Dachfirst. „Ihr beide da oben", sagte sie drohend.

Dann fiel ihr das Wort ein: Neko. Das japanische Wort für Katze. Neko hatte ihr Gefährte sie manchmal genannt. Sie drehte sich auf den Bauch, atmete den Geruch der feuchten Erde ein und gab sich ihren Erinnerungen hin. „Euch will ich verschonen", murmelte sie.

Susanne Kotrus

Schaukeln

„Das glaub ich einfach nicht!"

Als ihr Mann nicht reagierte, sagte Ilse noch einmal, diesmal lauter: „Das glaub ich nicht!"

Mit geschlossenen Augen fragte er: „Was denn?"

„Dass die jeden Tag ein Buch liest!"

„Wer denn?"

„Die mit dem Atombusen."

Herbert setzte sich auf. „Wo denn?"

„Jeden Tag hat die ein anderes Buch dabei. Jeden Tag!"

Herbert schaute sich um. „Welche ist es denn?"

„Na die da vorn, die in dem roten Bikini, unter dem roten Sonnenschirm."

„Die hat doch gar keinen…"

„Bist mal wieder drauf reingefallen, hm?"

Herbert wollte sich wieder hinlegen, aber sein Blick blieb an der Frau hängen. „Vielleicht sind's ja Attrappen", sagte er.

„Ne, ne, die blättert da richtig drin rum."

Herbert zuckte die Schultern.

Am Nachmittag zogen Wind und Wolken auf. Ilse rollte die Handtücher zusammen und packte die Badetasche. Die Frau im roten Bikini war in ihr Buch vertieft, sie schien nichts zu merken. Der Sonnenschirm flatterte, eine Böe hob ihn aus der Verankerung. Der rote Bikini sprang auf. Der Wind trieb den Sonnenschirm den Strand entlang. Die Frau stieß einen spitzen Schrei aus. Herbert sah die Frau an, sie deutete auf den Schirm und gestikulierte. Herbert reagierte sofort, jagte dem sich überschlagenden Sonnenschirm hinterher. Kurz bevor er ins Wasser trieb, bekam er ihn zu fassen. Er schüttelte den Sand ab, klappte ihn zu und ging in gemäßigtem Tempo, den Bauch eingezogen, zu der Bikini-Frau.

„Bitteschön", sagte er, nachdem er noch den Schirmhalterspieß aus dem Sand gezogen hatte.

„Ein Mann der Tat", sagte sie und lächelte ihn an. Herbert sah auf den Boden. Ein Mann in weißen Segelschuhen trat neben die Frau. Als Herbert aufsah, legte der Mann seinen Arm um die Schultern der Frau. „In der Tat", sagte der Mann, „das war eine bravuröse Leistung."

„Darf ich vorstellen: mein Verlobter. Rob", sagte die Frau. „Ich bin Stella." Mit einer nonchalanten Geste wickelte sie sich ein Seidentuch um die Hüfte.

Herbert wusste nicht, ob er die Hand ausstrecken sollte. So sagte er nur: „Ich bin der Herbert."

Er drehte sich um in Richtung Ilse. Sie stand mit der vollgepackten Tasche in der einen Hand und den Badeschlappen in der anderen ein paar Meter entfernt. „Und das ist die Ilse." Stella winkte ihr zu und bedeutete ihr, herzukommen. Zögernd ging Ilse auf die Dreier-Gruppe zu.

„Hallo", sagte sie und streckte die Hand aus. Rob ignorierte die Hand und küsste Ilse auf die Wange. Links, rechts, links.

„Dreimal, die französische Art", sagte er augenzwinkernd. Ilse ließ die Badeschlappen fallen.

„Tja", sagte Herbert und hob die Schlappen auf, „dann wollen wir mal, bevor das Gewitter kommt." Stella und Rob machten keine Anstalten sich zu bewegen.

„Stratocumulus", sagte Rob und schaute zum Himmel. „Könnte sich etwas zusammenbrauen bei der Wolkenformation. Oder auch nicht."

Herbert nickte. „Haben Sie Ihr Vorzelt gesichert?",

fragte er. „Ich hab noch ein paar Sturmheringe übrig..."
Stella und Rob sahen sich an. „Wir sind in der Villa
Dolce Vita, gleich da oben." Stella deutete auf einen
Hügel unweit vom Strand.

„Wisst ihr was? Kommt doch auf ein Gläschen rauf
heute Abend", schlug Rob vor.

„Ja", sagte Stella, „ich bin sicher, Rob hat ein gutes
Tröpfchen Roten aufgetrieben auf seiner Tour heute."
Und zu Rob gewandt: „Nicht wahr, Chérie?"

„Könnte sein, könnte sein", sagte Rob.

Ilse sah auf ihre Füße, der pinke Nagellack an ihrem
linken großen Zeh war abgeblättert, mit dem rechten
Fuß scharrte sie unauffällig ein bisschen Sand darüber.

„Also acht Uhr?", fragte Rob.

„Tja also, wenn Sie mich so fragen", sagte Herbert, „zu
einem guten Tropfen sag ich nicht nein."

Ilse schaute immer noch auf den Boden. Dann fragte
sie: „Können wir etwas mitbringen?"

„Nur Ihr bezauberndes Lächeln."

Auf dem Weg zur Villa sagte Ilse: „Wir hätten absa-
gen sollen. Nicht mal ein Mitbringsel haben wir."

„Doch", sagte Herbert triumphierend und griff in seine
Jackentasche. „Käsekräcker!"

Nach einem kurzen Platzregen war die Luft wieder
warm und feuchtigkeitsgesättigt. Ilse schwitzte beim
Aufstieg auf den Hügel. Alle paar Meter blieb sie stehen
und fächelte sich Luft zu.

„Nun komm schon, Ilse!", sagte Herbert.

„Ich will nicht total verschwitzt da ankommen."

„Ach was." Er wartete, bis sie auf seiner Höhe war.
Dann nahm er ihre Hand und sagte: „Du siehst grana-
tenmäßig aus in dieser Montur."

Ilse zupfte ihr Paillettenkleid zurecht.

Es dämmerte, als Herbert und Ilse die Stufen zur Terrasse der Villa Dolce Vita hochstiegen. Dezente Jazz-Musik empfing sie, sie kam aus der kabellosen Designer-Box in der Mitte des großen Tisches. Eine leichte Brise fächerte die weißen Servietten auf.

„Bienvenuti", sagte Rob und breitete die Arme aus. „Kommst du Stella", rief er Richtung Terrassentür. Mit einem Buch in der Hand kam sie heraus, sie war barfuß, trug eine ausgewaschene, an den Knien zerrissene Jeans und ein Schlabbershirt.

„Ja, schön, dass ihr da seid", sagte sie.

„Vielen Dank für die Einladung", sagte Ilse. Sie hielt die Packung Käsekräcker in der rechten Hand, mit der linken griff sie nach Herberts Hand.

„Setzt euch, setzt euch", sagte Rob.

„Lass sie doch erst mal ankommen." Stella nahm Ilse die Käsekräcker ab und legte sie auf den Tisch. „Wie aufmerksam, vielen Dank."

Der Blick von hier oben über die Bucht von Barabarca war atemberaubend. Das Meer schimmerte grünlich, ein goldener Rand säumte die Wolken am Horizont.

„Wir kommen jedes Jahr hierher", sagte Stella mit träumerischem Blick. „Die Aussicht, der Strand, die…"

„Jetzt aber setzen", unterbrach Rob, „wir wollen ja meine Weinentdeckungen verkosten."

„Genau. Wir sind ja nicht zum Vergnügen hier", sagte Herbert und lachte über seinen eigenen Witz.

Rob brachte eine Flasche Wein und deutete auf das Etikett. „Barolo, Jahrgang 2013. Schöner Körper, komplexe Aromen. Angeblich. Jetzt kosten wir erst mal." Er schenkte allen zwei Finger breit ein. „Salute."

Sie nippten, danach war ein paar Minuten lang alles still. „Herbert?", fragte Rob.

Mit rotem Kopf nickte Herbert. „Sehr sehr gut. Also...
der Körper."

Ilse unterbrach ihn, versuchte die Situation zu retten.
„Seht ihr die Glühwürmchen?", fragte sie.

„Ja, ist es nicht amazing, wie sie die italienischen Nächte illuminieren", sagte Stella.

Rob schluckte hörbar. „Aromen von roten Beeren, würde ich sagen. Ein Hauch von Lakritze", sagte er. „Und etwas Leder."

„Ja", sagte Herbert, „eindeutig."

Rob erzählte von seinen kulinarischen Exkursionen, von italienischen Weinen, von französischen, spanischen, südafrikanischen. Herbert schielte zu den Käsekräckern.

Mit einem Plop entkorkte Rob die zweite Flasche. Während Herbert den Sangiovese in seinem Mund herumschob, exte Rob sein Glas.

„Na, was sagst du Herbert?"

„Sehr gut. Sehr sehr gut. Aromen von... Paprika."

Rob nickte.

„Von... Preiselbeeren", sagte Herbert, nun mutiger. „Und von Pilzsoße."

„Beeindruckend", sagte Rob.

„Bringst du uns was zum Gaumen reinigen, Stella?"

Stella ging in die Küche und kam mit einer großen weißen Porzellanschale zurück. Sie stellte sie auf den Tisch.

„Bedient euch", sagte sie und deutete auf drei Oliven und eine verschrumpelte Peperoni.

„Was ist mit Brot?", fragte Rob. „Käse?"

„Ich hatte keine Zeit etwas zu besorgen, ich musste das Buch vor Elsa Ferrante fertiglesen. Sie ist ja aktuell der Stern am Literaturhimmel, die Bestseller-Queen, und ich muss sagen, ihr Diskurs zur ..."

„Diese Frau, diese Frau", unterbrach Rob und gab Stella

einen Klaps auf den Hintern. Er schenkte sich ein weiteres Glas ein. „Dieser Körper, dieser Körper", sagte er und lächelte Ilse an. Sie wurde rot und spürte, wie ein Schweißtropfen zwischen ihren Brüsten hinunterrann.

Stella setzte sich auf die Lehne von Ilses Stuhl und hielt ihr ein Buch unter die Nase. „Kennst du ihr neuestes Werk?" Ilse schüttelte den Kopf und versuchte ihren Schluckauf zu unterdrücken.
„Wasser", sagte Stella, „das hilft gegen Schluckauf." Sie nahm Ilse bei der Hand und führte sie zum Pool.
„Unsere Frauen", sagte Rob und legte Herbert einen Arm um die Schulter. Sie schauten zu Stella und Ilse, die am Poolrand saßen und ihre Füße im Wasser baumeln ließen. „Sind sie nicht exquisit?", fragte Rob. „Dieser Teint", fuhr er fort, „diese bewundernswerte Bräune… dieses neckische Funkeln der Pailletten…"
„Und Stella erst", hörte sich Herbert sagen, „Beine bis zum Hals." Die Frauen am Pool lachten.

Nach der zweiten Weinflasche verschwanden die Gastgeber in der Küche, um nach frischen Gläsern zu suchen.
„Du, das sind Swinger", flüsterte Ilse Herbert ins Ohr. „Was?"
„Swinger", wiederholte Ilse und steckte ihre Zungenspitze in Herberts Ohr.
Eine Flasche später verabschiedeten sich die Paare.
„Und morgen Abend dann bei uns. Parzelle 27", sagte Herbert schwankend. „Das volle Programm."

Die Grillkohle glühte, der Schweinebauch brutzelte, das Bier war auf Temperatur, als Stella und Rob kamen.
„Hier liegt ein halbes Schwein auf dem Grill", sagte Herbert. „Hoffe, ihr habt Appetit mitgebracht."

Rob hüstelte. „Äh, Stella ist Vegetarierin."

„Macht nichts, ich hab auch Würstel", sagte Herbert und schlug sich auf die Schenkel. „War'n Witz", sagte er und lächelte Stella an. „Wir sind auf alle Katastrophen vorbereitet. Für dich gibt's ein saftiges Tofu-Steak."

Nach dem Essen kam ein kräftiger Wind auf, in der Ferne war Donnergrollen zu hören. Rob sah besorgt zum Himmel.

„Der richtige Aufbau des Vorzeltes entscheidet über Sieg oder Niederlage", erklärte Herbert und zwinkerte Rob zu. „Spannung ist hier die Devise!"

Aus der Lautsprecherbox dröhnte Italo-Pop. Ein Gespräch war nicht mehr möglich, also stand Stella auf und begann zu tanzen. „Azzurro, il pomeriggio…" Sie tanzte ungewöhnlich, ausladend, mit wilden Verdrehungen ihrer langen Gliedmaßen. Beim nächsten Song ging sie zu Ilse und zog sie von ihrem Campingstuhl. „Ich kann doch nicht tanzen", sagte Ilse. Doch Stella ließ nicht locker, legte ihre Hände um Ilses Hüfte und wiegte sie im Takt zur Musik. Die Männer klatschten den Rhythmus mit.

Die Frauen drehten sich immer schneller auf dem kleinen Rasenstück unter dem Vorzelt. Die Männer steckten abwechselnd zwei Finger in den Mund und pfiffen.

„Wie fühlst du dich?", fragte Stella.

Ilse wirbelte herum, ihre Wangen glühten. „Wie die Königin der Welt."

Der Wind nahm Fahrt auf, die ersten Regentropfen fielen. Die Meeresoberfläche sah jetzt aus wie die Haut eines alten Elefanten, grau und schrumpelig.

„Als würde die Welt untergehen heute", sagte Rob.

„Ach was." Herbert öffnete die Wohnwagentür. „Herein

in die gute Stube."

„Haben wir denn da alle Platz?", fragte Stella.

„Zur Not müssen wir uns halt stapeln", antwortete Herbert lachend.

Der Regen prasselte rhythmisch aufs Dach, durch das Fenster sah man, wie sich Baumkronen im Wind bogen, das Donnergrollen kam näher.

„Es gibt doch nichts Gemütlicheres als ein Gewitter im Wohnwagen", sagte Ilse und stellte einen Sixpack und eine Flasche Limoncello auf den Tisch.

„Ja, ist richtig kuschelig hier", stimmte Stella zu.

„Wie lange wird das wohl dauern?", fragte Rob und sah zuerst aus dem Fenster und dann in Ilses Ausschnitt.

Herbert rieb sich die Hände. „Uns wird die Zeit schon nicht lang, wir sind für alle Eventualitäten gerüstet." Er holte einen alten Lederkoffer aus dem Einbauregal und ließ die Schließen aufschnappen. „Brettspiele", sagte er strahlend. „Und natürlich Karten."

Rob verzog das Gesicht, als hätte er Zahnschmerzen. Doch Ilse mischte bereits. „Ihr kennt die Regeln?", fragte Herbert. „Wir spielen…"

„Strip Poker", sagte Ilse, „kennt doch jeder."

Das Gewitter hatte sich verzogen, der Regen aufgehört, als Stella und Rob aufbrachen.

„Was haben die sich nur gedacht? Dass wir Swinger sind?" Rob lachte und schüttelte ungläubig den Kopf.

„Also, ich hätte schon gern ein paar Runden mit ihr gespielt", sagte Stella und warf einen Blick zurück auf Parzelle 27, auf der der Wohnwagen schaukelte, als gäb's kein morgen.

Elvira Kolb-Precht

Fahrrad-Guerillero

Sein Wecker klingelt wochentags um 4 Uhr früh. Hochmotiviert springt Schorsch aus seinem Bett in seine Fahrrad-Funktionskleidung. Diese besteht, je nach Wetterlage, aus dickeren oder dünneren Schichten plus Regenschutz, übereinander getragen, nach dem Zwiebelprinzip. Er fährt bei jedem Wetter, außer bei Tiefschnee. Das ist der Fahrrad-Supergau und der einzige Grund, die U-Bahn zu nehmen. Schorsch verabscheut die U-Bahn und das hat verschiedene Gründe: Es gibt Menschen, die frühstücken in der U-Bahn. Sie packen ihre belegte Semmel aus, während sie sich den heißen Kaffeebecher zwischen die Knie klemmen. Andere führen scheinbar Selbstgespräche, telefonieren über drahtlose Kopfhörer, die unter einer Mütze versteckt sind. Und dann gibt es den großen Rest derer, die grimmig auf ihre Handys starren. Nicht zu vergessen die Hustenden und Niesenden – ein riesiger Seuchenherd.

Schorsch schwingt sich so früh auf sein Mountainbike, weil er dem Berufsverkehr zuvorkommen möchte. Er rast einmal quer durch die Stadt zu seinem Arbeitsplatz, einer Außenstelle des Rathauses, biegt dann auf halbem Weg an die Isar ab und brettert über den Kies. Das laute Rauschen unter seinen breiten Fahrradreifen peitscht ihn an, Tempo zu machen, noch schneller und härter in die Pedale zu treten. Gib Gummi, denkt sich Schorsch, während er an der Isar seinen Geschwindigkeitsrekord des Vortages bricht. Mit starrem Tunnelblick und zusammengebissenen Zähnen fokussiert er seine Rennstrecke. 35 km tägliches Workout bescheren ihm eine drahtige Figur und einen BMI von 22. Der perfekte Start in einen Arbeitstag.

Seit fünf Jahren fährt er dieselbe Strecke, und genauso lang ist er der Fledermausbeauftragte der Stadt. Schon seit frühester Kindheit haben Schorsch Fledermäuse fasziniert, er hat so ziemlich alles an Fachliteratur verschlungen, was ihm in die Finger gekommen ist. Als Fledermausexperte ist er Ansprechpartner bei Fledermausfunden und jeglichen Fragen rund um die Tiere. Sein ganz besonderes Anliegen ist es, ein positives Bild der Tiere in der Bevölkerung zu schaffen. Hierfür gibt er Vorträge, organisiert Informationsveranstaltungen und hat einen Verein mit dem Namen Pipistrello gegründet. Wenn Schorsch in Rente ist, will er sich um seinen Verein kümmern und so oft wie möglich nach Italien reisen.

Noch vier Jahre muss er arbeiten. Dies sind ca. 250 Arbeitstage pro Jahr mal vier, macht 1000 Tage. Davon gönnt er sich sechs Wochen Krankheit pro Jahr, ergibt 30 Tage, und das auf vier Jahre multipliziert, ergibt 120 Krankentage. Macht 880 Arbeitstage, die er noch hinter sich bringen und seine Kollegen ertragen muss.

Man kennt sich schon auf der Strecke entlang der Isar. Unter der Holzbrücke am Tierpark lebt Vroni, ein bayrisches Urgestein, Jahrgang 1945. Eingewickelt in Schlafsack und Wolldecken ist sie noch im Tiefschlaf, wenn Schorsch morgens an ihr vorbeirast. Auf seinem Rückweg hält er manchmal an, dann erzählt Vroni von besseren Zeiten, von ihrem verstorbenen Mann, von Urlauben am Chiemsee.

Morgens fährt er genau nach seinem Streckenplan. Jede Station erreicht er zur berechneten Zeit, bis er um

5:30 Uhr in den Innenhof des Bürogebäudes abbiegt. Der Arbeitstag kann beginnen.

Die Rückfahrt tritt Schorsch um 15:00 Uhr an. Ärger mit seinem Vorgesetzten, unnütze Besprechungen und Telefonate mit aufgeregten Hausbesitzern, die Fledermäuse aus ihren Gärten verjagen wollen, haben ihn unter Strom gesetzt. Er kann es nicht abwarten loszufahren, um sich abzureagieren. Der Frust des Tages steckt ihm in den Knochen und bohrt sich wie extralange Nadeln in seine Muskeln. Er spürt die Stiche an Beinen, am Rücken und im Nacken, die rasante Fahrt wird ihm Entspannung bringen. Heute wird er Vroni besuchen.

Er setzt sich auf sein Fahrrad, rollt langsam zum Bürgersteig und biegt dann in die Straße. Beginnende Rushhour. Täglicher Streetbattle. Sein Adrenalinspiegel steigt. Alles steht, die Ampeln auf Rot, die Ungeduldigen hupen und schreien Beleidigendes aus dem Fenster oder an ihre Windschutzscheibe. Schorsch ist fokussiert, scannt seine Strecke ab. Er quetscht sich zwischen wartenden Autos durch, touchiert einen Außenspiegel, hört wüste Beschimpfungen hinter sich: „Fahrrad-Rowdy, Mountainbike-Wichser, Führerschein wegnehmen…"

Das alles hat er schon oft gehört. Es berührt ihn nicht mehr. Während die Ampel noch auf Rot steht, hat er sich rechts von der Autokolonne, an der Pole-Position positioniert. Hinter ihm ein Fahrradfahrer, Mitte 40, mit Anhänger, in dem zwei Kindergartenkinder dösen. Schorsch dreht sich um und sieht die beiden Kleinen aneinander gelehnt schlummern, die Köpfe auf der Höhe des Auspuffs eines Porsche Panamera. Der Hinterreifen ist maximal einen Meter von den Kindern entfernt, so ein Wahnsinn, denkt Schorsch.

Jetzt steigt er in die Pedale und rast los. Der Porsche zieht an ihm vorbei, die blonde Beifahrerin zeigt ihm den Mittelfinger. Ohne zu blinken, biegt der Porsche plötzlich nach rechts ab und schneidet Schorsch den Weg ab. Vollidiot mit blonder Schlampe! Schorsch legt eine Vollbremsung hin.

Der Familienvater mit Fahrradanhänger schließt zu Schorsch auf. Von hinten nähert sich ein Wagen der städtischen Müllabfuhr. Eine Zeitlang fahren sie gleichauf nebeneinander. Der Beifahrer schaut gelangweilt auf die beiden Fahrradfahrer herunter, dann gibt er Gas. Die nächste Kreuzung, wieder rot. Nicht schon wieder stehen bleiben, denkt sich Schorsch.

Er tritt härter in die Pedale und brettert über die Kreuzung, der Familienvater dicht hinter ihm. Er ignoriert das Hupen der wartenden Autos, schaut auf seine Uhr. Passt, perfektes Timing!

Schorsch muss in acht Minuten an der Münchner Freiheit sein, so sein Zeitplan. Er fährt immer rechts, zwischen der Autokolonne und dem Bürgersteig. Manchmal wird es eng, wenn Autofahrer absichtlich weiter nach rechts fahren, um ihm den Weg zu versperren. Dann bremst er und fährt entweder links um das Auto oder er nimmt die Abkürzung über den Bürgersteig. Dann bekommt er Ärger mit Fußgängern. Vor ihm ein Zebrastreifen. Auf dem Bürgersteig stehen Schulkinder, die sich zu zweit aufstellen, um die Straße zu überqueren. Zwei Lehrerinnen gestikulieren wild und geben letzte Anweisungen.

Ungefähr 300 Meter noch, das schaff ich, bevor die losgehen. Er beschleunigt, beißt die Zähne zusammen, die Oberschenkel brennen. Eine der Lehrerinnen macht den ersten Schritt auf den Zebrastreifen. Grelle Schreie der Kinder, zwei zerren die Lehrerin blitzschnell zurück. Schorsch brettert vorbei, er musste ihnen abrupt ausweichen. Passt, Glück gehabt!

Der Mittvierziger ist an der letzten Ampel stehen geblieben. Den ist Schorsch jetzt los. Noch zwei Minuten bis zur Münchner Freiheit. Ich schaff's heute früher!

Tatsächlich – Schorsch ist früher da. Er fährt rechts ran, um einige Sachen für Vroni zu besorgen. Während er sein Fahrrad abstellt, sieht er den Mittvierziger auf sich zurollen.

„Du hast ein ganz schönes Tempo drauf. Nicht ungefährlich, wie du fährst!"

Schorsch nickt teilnahmslos und läuft in Richtung Eingang. Maximal 15 Minuten hat er für den Einkauf eingeplant. Auf dem Fliesenboden des Discounters wird jeder seiner Schritte vom Klacken seiner Fahrradschuhe begleitet. Seinen Helm trägt er auf dem Kopf, die geöffnete Schließe baumelt unter seinem Kinn. Sein Schweißgeruch begleitet ihn durch den Discounter. Er geht zur Kasse. Nur die Zwei ist besetzt, die Schlange lang, vor ihm stehen acht Kunden. „Zweite Kasse! Warum machen Sie keine zweite Kasse auf?", macht sich Schorsch lautstark bemerkbar. Nichts passiert. „Hallo, zweite Kasse! Hallo!" Er fuchtelt mit den Armen. Angewidert drehen sich zwei Teenager um und fächern sich mit der Hand Frischluft zu.

„Boah, eh, Alter, der stinkt ja wie ne tote Ratte!", lästert die Blonde.

Und dann kommt die erlösende Durchsage: „Liebe Kunden, wir öffnen Kasse vier."

Schorsch prescht zu Kasse vier. Er bezahlt und packt den kleinen Einkauf ein: Apfelringe, Salzbrezeln und eine Tafel Vollmilchschokolade. Dann reiht er sich in den Verkehr ein, fährt in die Mitte. Links und rechts rasen Autos dicht an ihm vorbei, er quetscht sich zwischen zwei städtischen Bussen hindurch. Fahrgäste starren ihn entsetzt an und tippen sich mit dem Zeigefinger an den Kopf. Schorsch beschleunigt weiter, kneift die Augen zusammen, noch 8 km, bis er bei Vroni ist. Aus der Ferne hört er ein Martinshorn, noch ist der Notarztwagen aber nicht in Sicht. Es wird immer lauter, die Autos bilden eine Mittelgasse. Schorsch nicht, er fährt weiter auf dem Mittelstreifen. Der Krankenwagen mit Lichthupe kommt von hinten immer näher, biegt nach links und verschwindet im Berufsverkehr. Schorsch ist mit sich zufrieden. Er lässt sich nicht so leicht von der Straße drängen, nicht mal von einem Notarztwagen. Er tritt weiter hart in die Pedale, bei gleichbleibendem Tempo. Bald ist er bei Vroni.

Entlang der Isar hat Schorsch schon einige Kollisionen mit Vierbeinern erlebt. Meistens springen sie ihm unverhofft vor sein Fahrrad, was ihn dann zur Vollbremsung zwingt. Stürze hat er auch schon hingelegt. Auch an diesem späten Nachmittag ist viel los. Und dann der Endspurt, noch 500 Meter. Er kann die Tierparkbrücke schon sehen. Vroni wird ihn schon erwarten. Als er auf die Brücke zufährt, sieht er eine große Menschentraube, dazwischen mehrere Polizeiwagen mit Blaulicht und einen Notarztwagen. Ob das wohl derselbe ist?

Dann bremst Schorsch und schiebt sein Fahrrad in Richtung Brückenpfeiler, wo Vroni seit Jahren ihren

Schlafplatz hat.

„Stopp, hier dürfen Sie nicht weiter. Hier ist gesperrt", schreit ihn ein junger Polizist an. „Fahren Sie einfach weiter, hier gibt's nichts zu sehen."

Schorsch streckt sich und versucht über die Menge hinwegzuschauen. Er kann nichts sehen, aber er spürt eine drückende Übelkeit aus seinem Magen aufsteigen. Sein Hals ist staubtrocken, seine Handflächen nass. Er möchte ihren Namen über die Menge hinweg laut schreien – VRONI. Kein Ton kommt aus seinem Mund.

„Ich hab dir Apfelringe und Salzbrezeln mitgebracht – hier", sagt er leise, nimmt die Packungen aus seiner Fahrradtasche und hält sie nach oben.

„Mit wem sprechen Sie eigentlich?", wundert sich ein Jogger, der neben ihm steht.

Der junge Polizist steht plötzlich wieder neben ihm und fordert ihn erneut auf weiterzufahren.

„Nein, ich fahre nicht weiter. Ich besuche eine Freundin, Vroni. Sie wohnt da." Schorsch zittert am ganzen Körper und zeigt mit dem rechten Zeigefinger zum Brückenpfeiler.

„Ihre Freundin ist nicht mehr da, fahren Sie weiter."

„Was wollen Sie damit sagen? Was machen die Leute hier?"

Der junge Polizist wiederholt forsch: „Ihre Freundin ist nicht mehr da, sie wird gleich weggebracht."

Der Notarztwagen mit Blaulicht und Martinshorn wendet auf dem Kies und fährt langsam an der gaffenden Menschenmenge vorbei, zur Straße, wo er mit Vollgas im Berufsverkehr verschwindet.

Schorsch versucht den Polizisten zur Seite zu schieben, merkt aber, dass er sich nicht bewegen kann. Sein Körper gehorcht ihm nicht mehr, sein Gehirn projiziert rasend schnell wechselnde Bilder: Vroni in seinem Schlafsack, mit seinem Anorak, mit seiner Mütze, mit seinen Handschuhen und seinen viel zu großen Winterstiefeln. Vroni mit Stieleis vom Kiosk, auf einem Baumstamm am Isarufer sitzend, in seinem T-Shirt mit dem Aufdruck *Denke nicht so oft an das, was dir fehlt*.

Susanne Kotrus

Old Lady

Mein Ural-Gespann knattert und spuckt seine schwarze Prise aus. Die Fahne hinter mir flattert im Wind – so passt der Sound! Das Sitzleder unter mir ist kalt, aber vom Motor her kommt's warm. Mit meinen neuen schwarzen Lederhandschuhen habe ich mein Bike fest im Griff.

Ist richtig, jetzt hinzufahren. Ich spüre den kalten Fahrtwind um die Nase. Nicht gerade das beste Wetter, aber für Ende Februar geht's. Der Schnee liegt noch links und rechts neben der Straße, aber die ist frei. Trage heute Helm. Früher nicht, ich hatte sie ja, die Helmbefreiung. Wir hatten sie ja alle. Wer ist da schon mit Helm gefahren!

Fühle mich gut in meiner Lederjacke. Passt noch, zum Glück. Hab sie heute Morgen aus dem Kellerschrank geholt, nach Jahren. Damals war ich noch Fullmember – ein Akzeptierter, Vollwertiger im Motorrad-Club. Lang ist es her. Meine Colours auf der Jacke fühlen sich noch weich an, wie frisch aufgenäht. „FTW" vorne auf der linken Brust – „Fuck the world". „A.C.A.B." auf dem Ärmel – „All the cops are bastards".

Mein Backpatch – Adler mit Blitz – zeigt meinen Club von früher. Wir waren wild. Richtig wild. Nicht kriminell, aber Rocker eben. Damals. Naja, das waren Zeiten, gute Zeiten. Wenn das mit dem Alkohol nicht so abgegangen wäre, wären wir heute noch Brüder. Bin ja dann rechtzeitig ausgestiegen, habe aber keine Ansage bekommen. Manche schon – da wurde es schwieriger.

Mich haben sie in Ruhe gelassen, mir ging's ja auch nicht gut. Habe sie gebraucht, die Pause, und fühle mich jetzt bereit, ein „Freebiker" zu sein.

Ich schwinge mich vom Sattel, merke, wie ich breitbeiniger als sonst in Richtung Haustüre gehe, und drücke dreimal auf die Klingel. Dann macht sie endlich auf. „Hey Schwesterherz. Kommst du jetzt mit?", sage ich. Im Hintergrund dudelt Radiomusik. Sie hat noch ihren Schlafanzug und ihre Plüschpantoffeln an. Ich kann die Antwort schon in ihrem Gesicht ablesen. Kenne sie ja lange genug. „Ach, ich habe dir doch gesagt, dass es bei mir heute echt schlecht ist", sagt sie und streicht ihre langen Haare hinters Ohr. Höre ihn schon im Hintergrund – ihren Alten. Der macht ihr immer einen Strich durch die Rechnung. Gewollt hätte sie schon, da bin ich sicher.

„Was ist? Brauchst wieder eine 'Old Lady', die in deinem Beiwagen mitfährt?", blökt er hinter ihrem Rücken hervor. Arsch!

„Ist ja ein Gespanntreffen! Da kommt es ja wohl scheiße, wenn ich ohne Frau anfahre", sage ich und versuche, meiner Stimme trotzdem noch Lässigkeit zu verleihen. Gelingt nicht ganz. Merke, wie ich zittere – vielleicht aber auch nur wegen der Kälte. Richtige Winterklamotten habe ich ja nicht. War früher kaum auf den Wintertreffen.

„Das wird heute nichts. Puh, ist das kalt", sagt sie und dreht sich schon wieder halb um. Okay, das war's dann. Ich verabschiede mich schnell. Was soll ich jetzt bloß tun?

Ich gebe nochmal die Strecke in Google Maps ein. Versuche mir den Weg zu merken. Okay, heutzutage haben ja viele ein Motorradnavi, jetzt ist alles anders. Ich bin noch „Old School" und tu lieber so, als wüsste ich den Weg im Schlaf, während ich easy auf meinem Bike sitze.

Die Fahrt dauert nur gute zwei Stunden. Unterwegs halte ich in einer Biker-Spelunke neben der Landstraße. Als ich die Tür öffne, sehe ich als erstes die blinkenden und dudelnden Spielautomaten. Ein Typ sitzt davor und mustert mich von oben bis unten. Ich sichere mir schnell einen Platz an einem kleinen Tisch im hinteren Eck. Drei andere Biker sitzen mit ihren Ladys am Tisch daneben und unterhalten sich. Die Frauen tragen hautenge Lederhosen, die Jacken haben sie ausgezogen und über die Stuhllehnen gehängt. Ich beuge mich etwas nach vorne und checke unauffällig die Statur von der Blonden. Schon schön anzuschauen. Obwohl die Brünette auch nett aussieht. Oh, der Bullige sieht zu mir her – ich schaue schnell zum Tresen rüber und tu so, als ob ich gelangweilt auf die Bedienung warte.

„Ein Spezi und Wiener Schnitzel mit Pommes und viel Mayo, bitte", bestelle ich dann. Alkohol gibt's bei mir nicht mehr. Nicht mehr seit... naja, egal.

Ich hoffe, dass es nicht so lange dauert und ich schnell weiterkomme. Nervös bin ich schon, das merke ich nach so langer Zeit. Ich spiele mit dem Aschenbecher herum und schaue nochmal unauffällig zum Tisch nebenan.

„Ich bin ja gespannt, ob die Gabi auch da ist. Beim letzten Wintertreffen habe ich sie nicht gesehen", höre ich die Blonde. Ah, die fahren also auch hin. Gabi, Bibi,

Hilde... Mir fällt wieder ein, dass ich keine Ahnung habe, was ich jetzt mit meinem leeren Beiwagen machen soll.

„Guten Appetit!", sagt die Bedienung und stellt mir das Schnitzel vor die Nase. Kurz kommt mir der Gedanke, dass ich mich nach dem Essen auf mein Bike schwinge und schnurstracks mit dem leeren Beiwagen wieder nach Hause fahre. Das Schnitzel ist lecker, nach dem Essen geht es mir besser. Der Typ am Spielautomat mustert mich schon wieder, aber jetzt macht's mir nichts mehr aus. Depp, hast du nichts anderes zu tun?

Ich zahle und werfe beim Gehen der Blonden noch einen kurzen Blick zu. Ich bilde mir ein, dass sie mich kurz anlächelt. Sie erinnert mich ein bisschen an Evi, mein Mädel. Für sie habe ich den Beiwagen gekauft. Und das Ural-Gespann. Hab dafür meine Chopper verkauft. Evi wollte lieber im Beiwagen sitzen. Hinten drauf hatte sie immer Angst, dass sie loslassen und runterfallen könnte. Sie war ängstlich, immer. Aber auch süß. Habe sie schon geliebt, aber dann hat sie mich ja leider verlassen. Aus Angst! Angst um mich und um uns. Hab einfach zu viel gesoffen damals. War ein Fehler, gebe ich zu. Dafür bin ich ja jetzt brav und trinke fast nichts mehr.

Ich gehe zum Pinkeln hinter die Spelunke. Ein unberührter weißer Schneehaufen. Da war noch kein Hund dran und auch sonst niemand. Während ich ein Muster in den Schnee pinkle, kommt mir plötzlich eine Idee. Ich krabble im Schnee herum, forme, hebe und hieve und fühle mich so glücklich wie schon lange nicht mehr. Es geht ganz einfach, meine Hände wissen, was zu tun ist...

Kickdown und los geht's! Nur noch eine halbe Stunde, dann müsste ich da sein. Die verschneite Landschaft flitzt an mir vorbei, es wird hügeliger und vorne sind schon die Berge zu sehen. Meine Hände sind eingefroren und meine Barthaare unter dem Visier bestimmt vereist. Meine Hose hat kalte Wasserflecken, aber es macht mir alles nichts aus. Ich werfe ihr einen Blick zu – einen coolen Seitenblick vom Sattel herunter. Da sitzt sie im Beiwagen und lächelt mich an. Ein geiles Gefühl. Ihre Haut glitzert in der Sonne, die sich kurz zwischen zwei Wolken zeigt. Sie hat wunderbare Kurven. So frei habe ich mich schon lange nicht mehr gefühlt.

„19. Wintertreffen am Chiemsee" steht auf dem Holzpfeil am Straßenrand. Dann sehe ich nur noch schwarz und weiß – schwarze Biker vor weißem Schneehintergrund. Ich drehe eine Extrarunde ums Gelände, bevor ich dem Blechschild folge, auf dem ein Motorrad zeigt, wo ich parken kann. Es duftet nach Grillfleisch und Abgasen. Auf der Bühne rockt irgendeine Bierzeltband. Ich rolle langsam neben den Getränkewagen, wo schon einige andere Gespanne stehen. Beim Einfahren merke ich, wie sie sich in die Seite rempeln, sich anschauen und nochmal hinschauen, mit dem Finger herzeigen. Manche grinsen, manche schauen bewundernd. Auf meine „Old Lady" im Beiwagen. Ja, da schaut ihr, was?!

Ich stelle den Motor ab und schwinge mich mit stolzgeschwellter Brust vom Sattel. Lässig, cool und unnahbar. Gehöre zu keinem Club mehr, bin jetzt frei und das fühlt sich richtig an. Ich klappe mein Visier hoch und schaue sie an: Meine „Old Lady" ist zum ersten Mal da und lächelt noch immer. Ihr scheint es zu gefallen. So eine coole Lady in meinem Bike, das muss mir erstmal jemand nachmachen.

„Harry?", ruft es aus der Ferne. Wer kennt mich da? Die Stimme kommt mir bekannt vor. „Harry? Bist du's wirklich?", sagt Evi im Anmarsch. Sie läuft auf mich zu und wirbelt mit ihren Motorradstiefeln den Schnee auf. Mein Herz hämmert gegen die Aufnäher meiner Jacke. Wo kommt die denn jetzt her?

Evi umarmt mich und drückt ihre kalte Backe gegen meine. Dann schaut sie zum Beiwagen und zu meiner Begleiterin. Ist sie etwa eifersüchtig? Sie ist doch bestimmt auch mit einem Macker da?

Evi schaut mich wieder an und sagt: „Harry, warum hast du einen Schneemann in deinem Beiwagen?"
„Das ist doch kein Schneemann!", entrüste ich mich. „Das ist eine Schneefrau! Die coolste 'Old Lady', die jemals mit mir ausgefahren ist."

Evi lacht und umarmt mich nochmal – diesmal fester. „Ich habe immer gedacht, dass ich die coolste 'Old Lady' in deinem Beiwagen war!"
„Du bist meine heißeste 'Old Lady'", sage ich. Und dann nimmt sie mich einfach an der Hand und zieht mich Richtung Bühne.

Zum Abschied drücke ich meiner Schneefrau noch einen Kuss auf den Mund und fast wäre mein Mund an ihr kleben geblieben.

Julia Gehrig

Bonjour, Rampe 8

Ich war spät dran, es war eisig kalt, ich fuhr schnell, weil ich pünktlich ankommen wollte. Noch drei Minuten, dann bremste ich auf dem schneebedeckten Hof, sperrte mein Fahrrad ab und stand um 3:30 Uhr an der Laderampe 8 der Münchner Großmarkthalle. Fast hätte es mich noch hingelegt, als ich die vier Betonstufen auf einmal übersprang. Den Job als Ent- und Belader der Speditions-LKW hatte ich seit zwei Monaten, es war ein guter Job. Ich wollte ihn nicht vermasseln.

Ritchie, der Lademeister, hatte den Überblick über die Laderampen 1-12 und war verantwortlich für den ganzen Schichtplan und die kühle Lagerung von Südfrüchten, die von montags bis samstags bei uns angeliefert wurden. Ritchie meinte es gut mit uns Jungs von der Frühschicht, wurde aber fuchsteufelswild, wenn wir seinen Zeitplan durcheinanderbrachten, wenn wir auch nur eine Minute zu spät waren.

Heute wartete er schon ungeduldig auf mich und rieb sich seine rotgefrorenen dicken Finger. „Bist spät dran, Mike, der erste LKW auch. Irgendetwas beim Beladen in Brüssel. Ich mach dann mal die Kolli-Liste fertig und schau wo deine Ladung bleibt."
Ich hauchte in meine Hände, bevor ich sie in die vor Kälte starren Arbeitshandschuhe steckte. Im Licht- und Windschatten stand ich, hinter den dicken, beinahe undurchsichtigen, weil verkratzten Plastikmatten, die von der Hallendecke hingen. Ich wartete. Ohne meine Kollegen gesehen zu haben, wusste ich, dass auch sie sich in diese Ecke gestellt hatten, an den anderen Rampen, um geschützt auf die ersten Speditionsfahrer zu warten.

In der Halle, hinter den Plastikmatten war es immer ein paar Grad wärmer, nicht viel, aber die Jungs arbeiteten lieber dort als auf den Rampen. Trotz des nervtötenden Lärms der Kühlanlagen und des permanenten Piepens der Kommissionier-Trolleys und Stapler. Wie in einem Elektro-Zoo liefen signalgelbe E-Giraffen durch die Gänge, entlang unzähliger Paletten voller Obstkisten. Zwischen geparkten Gabelstaplern leuchteten kaltblau die Monitore der Computerterminals.

Jeden Morgen um halb vier dasselbe Kino: Marcello, unser Chef-Kommissionierer, blies seine schlechte Laune mit rauchig stinkendem Atem seinen Lieblingsopfern Mehmed und Dieter entgegen. Die beiden schafften es aber auch jeden Morgen, ihn noch vor Tagesanbruch auf die Palme zu bringen. Wie Dick & Doof, orientierungslos und gutgelaunt, schlenderten sie durch die Halle. „Avanti, Avanti! Dio mio, legt mal einen Zahn zu, sonst sind die Bananen braun, bis ihr in die Gänge kommt!"

Wir von den Laderampen ertrugen Marcellos Geschrei jeden Morgen, während wir uns beim Be- und Entladen den Arsch abfroren. „Ununterbrochene Kühlkette", raunzte Ritchie, wenn wir jammerten und fluchten. „Dann werdet ihr wenigstens nicht faulig und verdorben." Sehr witzig, unser Ritchie.

Wenn wir einen Kühllaster entluden, die Obststeigen mit Bananen, Ananas, Kiwis, was auch immer, auf der Laderampe gestapelt waren, kamen die Kollegen mit dem Gabelstapler an die Plastikmatte, hoben die Früchte palettenweise an und fuhren sie piepsend zum für sie bestimmten Kühlraum. Stellten ab und kamen zurück und das ging 25 Minuten lang so weiter. Nach 25 Minuten war ein Kühlanhänger meist leer. Sollte er leer sein.

Der LKW fuhr los und machte die Rampe für den oft schon wartenden nächsten frei.

Für uns Jungs fiel aber nie etwas ab, nicht einmal wenn so ein Idiot mit dem Stapler nicht aufpasste und die Kartonagen eindrückte. Jeder kleinste Schaden musste aufgeschrieben werden. Die schmissen lieber Bananen weg, als sie uns zu geben. „Ist so", meinte Ritchie. Also passten wir Jungs verdammt gut auf, dass nichts passierte oder zumindest, dass uns Ritchie gerade nicht auf die Finger schaute. Fehlte dann doch mal eine Orange in einer Kolli, dann war immer der Kollege bei den Kühlräumen dran. Was soll's? Nicht meine Sache.

Vom Kühltransporter aus Belgien war immer noch nichts zu sehen und Ritchie hatte keine Trackinginfo. Weiter warten. Ritchie hatte sich in die Halle verzogen, seine lauten Kommandos hörte ich bis hierher, aber ich schaute meinen Atemwolken nach, wie sie nach oben in den nachtschwarzen und frostklaren Himmel stiegen.

Ich dachte an meine Maus, die zuhause zusammengerollt in ihrer kuschligen Daunenbettenburg schlief. Ich hatte diesen ungemütlichen Job hier bekommen und vor drei Wochen konnten wir dann endlich zusammenziehen, meine Alina und ich. Richtig cool ist es noch nicht bei uns zuhause, aber Alina kann echt gut mit Farben und Stoffen und Einrichten und so.

Jetzt sah ich, wie die Scheinwerfer eines LKW die Dunkelheit beleuchteten und auf meine Rampe zukamen. Wurde auch Zeit. Es dauerte noch, bis er eine Wende gefahren hatte, dann rollte er langsam und mit ständigem Piepsen zurück. Die Rücklichter steuerten die blauen Positionsstrahler am Rampenende an, der Fahrer hielt und stellte den Motor aus. Nur das Kühlaggregat brummte leise in die Nacht. Es hatte leicht zu schneien begonnen.

Der machte das nicht zum ersten Mal, der Fahrer aus Brüssel oder London oder sonst woher. Respekt. LKW fahren, das wäre was, ja, nun gut. An die Arbeit. Es war inzwischen fast halb fünf. In der nächsten halben Stunde sollte ein leerer Anhänger dastehen und eigentlich schon der nächste mit Südfrüchten beladen sein, die dann nach Innsbruck gehen würden. Das stand alles auf meinem Kolli-Plan, den mir Ritchie gerade herausgereicht hatte.

Mann, war der schon wieder gestresst... Aber heute lief es auch nicht gerade nach Plan.
„Mike, jetzt steh hier nicht rum und glotz wie 'ne Kuh, ihr seid zum Arbeiten da, meine Fresse!" Am liebsten wollte ich ihm eine reinhauen, hatte mich aber unter Kontrolle. Immer. Bin ja nicht so ein Typ wie unser Rentner-Fritz im Lagerbüro, der auf jede kleinste Provokation anspringt. Echt nicht, bringt ja nix.

Weiter ging's. Der Fahrer streckte mir ungeduldig die Frachtpapiere entgegen, die er aus einem braunen, zerschrammten Koffer hinter dem Fahrersitz zog, sprang aus dem Fahrerhaus und öffnete mit einem schnellen „Bonjour" die hintere hydraulische Ladetür. Und ich sah nicht gleich, was los war.

„Merde, mon Dieu, fuck!"
Ich sah ihn nicht springen, den dunkelhäutigen Kerl, und war nicht vorbereitet auf den heftigen Aufprall, mit dem er mich rückwärts auf den Boden warf. Aber dann reagierte ich schnell und krallte mir den Typen, so schnell konnte der gar nicht schauen. Ich presste ihn mit meinem Körpergewicht auf den harten Beton.

„Blinder Passagier, Rampe 8, Alarm!", brüllte ich und es dauerte nur ein paar Sekunden, bis die anderen auf uns zu rannten. Wir schafften ihn in die Lagerhalle. Eigentlich mussten wir ihn eher stützen und tragen, obwohl er um einiges größer war als jeder von uns. Der arme Kerl zitterte und weinte und wehrte sich nicht weiter. „Help! Help me!", schrie er immer wieder. Wir brachten ihn erstmal in unsere Brotzeitstube, gaben ihm heißen Kaffee und jeder etwas von seiner Brotzeit. Ich glaube, jeder der Jungs hatte Mitleid mit dem Mann, wie wir um ihn herumstanden und staunten, dass er die stundenlange Fahrt im Kühltransporter überlebt hatte. Was für eine Aufregung. Dann kam Ritchie, legte ihm beruhigend die isolierende Rettungsdecke um den Rücken und rief die Polizei. Das musste er tun. Ritchie scheuchte uns hinaus an die Arbeit. Was hätten wir mehr tun können? Jeder blinde Passagier musste angezeigt werden. Sofort, sonst bekamen wir und die Firma echt Schwierigkeiten.

Das „Help me!" klingelte mir die nächsten fünf Stunden Schicht in den Ohren und bei jedem Öffnen eines Transporters raste mein Herz, als müsste es sich gleich gegen den nächsten blinden Passagier stemmen. So schnell haute mich nichts um, aber das hier, das steckte mir ganz schön in den Knochen. Nach der Schicht ging jeder von den Jungs ungewohnt still nach Hause. Ich sperrte mein Fahrrad auf und fuhr am Sendlinger-Tor-Platz vorbei, auf dem seit einigen Tagen Afrikaner ihre Plastikzelte aufgeschlagen hatten, dort bei Eiseskälte campierten und in Hungerstreik getreten waren. Ich sah hin, zum ersten Mal.

Brigitte Mattes

Tinderella

„Und sie lebten glücklich und zufrieden bis an ihr Lebensende." Genervt schlägt Mell das Buch zu. Ein Prinz, der auf einem weißen Pferd herangaloppiert und die Prinzessin mit einem Kuss aus ihrem Dornröschenschlaf weckt, so etwas gibt es wirklich nur im Märchen. „Ich komme auch gut alleine klar." Mit offenen Mündern blicken die Kinder, die vor ihr auf dem Boden sitzen, zu ihr auf. Mist! Hatte sie das gerade laut ausgesprochen?

Michael traut sich als erster etwas zu sagen. „Frau Müller, magst du denn keine schönen Geschichten?"

„Wisst ihr Kinder, das ist alles frei erfunden. Magie, Prinzen und Prinzessinnen gibt es im wahren Leben nicht." Die Holzpuppe von Nina knallt unsanft zu Boden, als diese plötzlich aufspringt.

„Du bist so gemein! Das glaub ich dir nicht." Auch die anderen Kinder haben keine Lust mehr zuzuhören und der eben noch harmonische Sitzkreis löst sich auf. Auf einmal tippt ihr Nils auf die Schultern und sieht sie blinzelnd unter dichten welligen Haaren an. „Hier für dich, damit du nicht mehr so traurig bist." Mit diesen Worten streckt er ihr seinen Plüschpapagei hin.

„Aber das ist doch deiner, Nils."

„Du brauchst ihn dringender als ich." Mit diesen Worten flitzt er davon.

Flauschige Schneeflocken fallen an diesem Abend vom Himmel, als Mell sich auf den Heimweg macht. Die Straße ist in Schweigen gehüllt und nur vereinzelt bahnen sich die Lichter der Autos ihren Weg. Mell tut es leid, dass sie heute so harsch zu den Kindern war.

Aber sie leben nun mal im 21. Jahrhundert. Da gibt es keine heldenhaften Männer mehr, die unschuldige Frauen vor einem bösen Drachen beschützen. Gedankenversunken erstarrt sie in ihrer Bewegung. Da! Was war das? Vor ihr auf der Straße hat sich etwas bewegt und dabei ein herzzerreißendes Quaken ausgestoßen. Vorsichtig macht sie ein paar Schritte vorwärts. Da erkennt sie einen dicken Frosch, der sie mit zusammengekniffenen Augen ansieht. „Wo kommst du denn her? Es ist doch viel zu kalt für dich hier draußen." Vorsichtig nimmt sie den Frosch auf ihre Hand. „Komm, ich bring dich ins Gebüsch, da bist du geschützt." Mell betrachtet den Frosch auf ihrer Hand. Sollte sie es wagen, ihm einen Kuss aufzudrücken? Das ist doch lächerlich! Hastig setzt sie den Frosch ab. Kopfschüttelnd läuft sie die Straße weiter, bis sie die Treppe erreicht, die zur U-Bahn hinunterführt.

Quietschend fährt der Zug ein. Gerade als Mell den ersten Schritt in die U-Bahn macht, spürt sie einen Windhauch, der sanft ihren Nacken kitzelt und sie innehalten lässt. Verwundert dreht sie sich um. Ihre Welt scheint für einen Augenblick stillzustehen. Auf dem Bahnsteig steht ein weißes Pferd, auf dessen Rücken ein Prinz mit rotem Umhang und leuchtender Krone thront. Mell kneift sich in die Hand. Das kann nicht wahr sein. Jetzt hebt der Prinz eine Hand und winkt ihr verschmitzt zu. Leise zischend schließen sich die Türen und der Zug fährt in die Dunkelheit des U-Bahnschachtes. Die Welt scheint wieder ihren normalen Gang zu gehen. Was für ein verrückter Tag. Das Märchen, das sie den Kindern vorgelesen hatte, musste sie total verwirrt haben. Nur so kann sich Mell ihre Halluzinationen erklären.

Daheim angekommen, macht sich Mell in der Küche zu schaffen. Das Radio spielt leise Love is in the air. „Autsch!" Erschrocken zieht sie ihre Hand zurück. Langsam färbt sich ihr Zeigefinger dunkelrot und Mell sinkt zu Boden.

Als sie ihre Augen wieder aufschlägt, ist das erste, was sie sieht, eine dampfende Tasse Tee vor ihr auf dem Wohnzimmertisch. Verwirrt rappelt sie sich vom Sofa hoch. Sie ist eingewickelt in eine Decke. Aus der Küche hört sie leises Geschirrklappern. „Hallo?" Ihr Kopf dröhnt immer noch leicht. Sie konnte noch nie Blut sehen.

„Oh du bist wach." Mit einem breiten Grinsen auf dem Gesicht und einem Teller in der Hand mit frisch gebackenen Keksen kommt Luca ins Wohnzimmer spaziert. Stirnrunzelnd blickt Mell ihn an. „Was machst du hier?"
„Ich wollte gerade klingeln, als ich deinen Schrei gehört habe. Zum Glück machst du beim Kochen immer das Fenster auf. Lust auf einen Keks?"
Dankend nimmt Mell ihm die Kekse ab.

In dieser Nacht träumt Mell wirr. Von einem Prinzen, der dem Prinz auf dem Bahnsteig so gar nicht ähnlich sieht und dessen Gesicht Mell dennoch nicht erkennen kann. Von Fröschen, die im Chor Love is in the air quaken und dabei eine goldene Krone auf dem Kopf tragen. Von einem weißen Pferd, auf dessen Rücken sie mit fliegendem Haar über weite Hügel galoppiert.

Am nächsten Tag ist alles wie immer. Ein ganz normaler Münchner Samstagmorgen im Englischen Garten. Tief in die Gesichter gezogene Kapuzen schützen Mell und ihre Freundin Isabell vor der Kälte, während sie

Spuren im frischen Schnee hinterlassen. „Das klingt wirklich nach einem verrückten Tag, Mell. Möchtest du meine Theorie hören?" Isabells langes blondes Haar wippt im Takt ihrer Schritte. Bevor Mell antworten kann, fährt sie bereits fort. „Du bist endlich bereit für einen neuen Freund. Deswegen siehst du auch an jeder Ecke Gespenster." Mell hatte bereits mit einer solchen Theorie ihrer Freundin gerechnet. „Aber wie soll ich denn jemanden kennenlernen? In den Bars hängen doch nur noch komische Typen rum."

„Wie wär es mit Onlinedating? Da gibt es doch jetzt diese App."

„Du meinst Tinder?" Mell schüttelt den Kopf. „Das ist nichts für mich."

„Probier's doch einfach mal aus. Du hast nichts zu verlieren."

Diese Worte hallen Mell noch im Kopf nach, als sie am frühen Abend auf ihrem Sofa sitzt. Du hast nichts zu verlieren. „Was meinst du Per? Ist das eine gute Idee?" Zweifelnd schaut sie ihren Kater an, der es sich neben ihr gemütlich gemacht hat. Doch Per scheint sich nicht für ihre Belange zu interessieren und schließt gelangweilt die Augen. Immer noch hin- und hergerissen klickt Mell schließlich die App an. Das System hat sie schnell raus. Links wischen bedeutet kein Interesse an dem angezeigten Mann, rechts wischen steht für ein Like. Der erste Mann sagt ihr nicht zu und so wischt sie schnell nach links. Auch der zweite ist nicht ihr Fall und bekommt ein klares Nein. Beim dritten Bild entscheidet sie sich spontan für rechts. Auf einmal beginnt ihr Handy in der Hand zu vibrieren. Erschrocken lässt sie es auf den Boden fallen. Eine glockenhelle Stimme zwitschert: „Herzlichen Glückwunsch, Mell. Du hast einen Match!"

Das Handy auf dem Boden fängt immer schneller an sich zu drehen. Weiße Nebelschwaden machen es ihr unmöglich etwas zu erkennen. Per hat sich mittlerweile auf Mells Schoß zurückgezogen. Mit einem lauten Peng, das beide erschrocken zusammenzucken lässt, steigt plötzlich ein Mann aus dem Handy. Mell traut ihren Augen nicht. Der Mann, dem sie gerade eben ein Like gegeben hat. So schnell sie kann, packt sie ihren Kater und läuft um das Sofa herum, um so viel Abstand wie nur möglich zu gewinnen. „Wer bist du? Und was machst du in meiner Wohnung?" Ihre Stimme wird immer lauter und die letzte Frage schreit sie beinahe.

Der Mann antwortet nicht, stattdessen ertönt wieder die glockenhelle Stimme. „Mell, warum machst du es mir so schwer? Hier hast du den Mann, den du immer wolltest." Verwirrt blickt sich Mell um. In ihrem Regal, auf einem ihrer Bücher, sitzt eine Fee, die direkt aus einem Märchenbuch herausgeflogen zu sein scheint. Ihre Flügel glitzern wie die von Tinkerbell in einem hellen Grün und sie trägt ein lilafarbenes Kleid. In ihrer zarten Hand hält sie einen Zauberstab, den sie nun vor lauter Ungeduld hin und her schwingt. Per reicht es. Er springt zu Boden und flüchtet in die Küche. Misstrauisch beobachtet Mell die Fee.

„Ich hab alles versucht, um dir zu helfen. Gestern der Frosch auf der Straße. Du hättest ihn nur küssen müssen. Aber nein, die Dame war sich zu fein. Dann der Prinz auf dem weißen Pferd. Perfekter geht es gar nicht, aber auch den wolltest du nicht. Dann halt moderner, dachte ich mir, und hab dir den Mann aus dem Handy geschickt. Ein kleines Danke wäre angebracht." Ein

Räuspern durchbricht den Redeschwall der Fee. Die beiden fahren erschrocken herum.

„Dürfte ich auch mal zu Wort kommen?" Strahlend steht der drahtige Mann da. Mell betrachtet ihn von oben bis unten. Gut sieht er aus. Seine braunen Haare sind durchwuschelt, als wäre er gerade erst aufgestanden. „Du hast mich ausgewählt. Ich schätze, wir haben jetzt ein Date, junge Dame." Entsetzt dreht sich Mell wieder zur Fee um. „Na los, sieh mich nicht so an. Dein Date wartet. Auf, auf!" Mit ihrem Zauberstab verleiht sie ihren Worten Nachdruck und fliegt hinter den beiden her.

Vor der Haustür, aus ihrer eigenen Wohnung gescheucht und mit einem fremden Mann an ihrer Seite, weiß Mell nicht, was sie tun soll. Der Mann scheint ihre Ratlosigkeit zu bemerken. „Vielleicht fangen wir damit an, dass ich mich erstmal vorstelle." Verschmitzt reicht er ihr seine Hand. „Jakob. Aber das weißt du ja schon aus meinem Tinderprofil." Wiederstrebend schüttelt Mell seine Hand.
„Und Jakob, was machen wir jetzt?"
„Ich würde sagen, jetzt haben wir ein Date. Komm, ich lad dich zum Essen ein. Pizza oder Pasta?"

In dieser Nacht träumt Mell wieder, wie sie auf einem weißen Pferd galoppiert. Immer schneller und schneller auf saftigen grünen Hügeln, bis sie sich einem Waldrand nähern. Sie kann erahnen, dass im Verborgenen der dichten Bäume jemand steht und zu ihr herübersieht. Das ist das Letzte, was sie wahrnimmt, als sie aufwacht. Der Traum löst sich wie eine Wolke langsam auf und verblasst schließlich ganz.

Als Mell ins Wohnzimmer stakst, schläft ihr grauer Kater noch tief und fest. Sie kann immer noch nicht glauben, was gestern passiert ist. Das würde ihr kein Mensch abnehmen. Sie drückt den Startknopf der Kaffeemaschine. Der Abend war nett gewesen. Jakob hatte sich sehr bemüht, er war eigentlich perfekt. Wenn nur dieses Eigentlich nicht wäre. Aus dem Augenwinkel nimmt sie ihr Handy wahr, das immer noch auf dem Boden liegt. Sollte sie einen zweiten Versuch starten? Ein Date mit jemand anderem? Langsam geht sie auf das Handy zu und nimmt es schließlich hoch. Ein Klick und sie erhält einen neuen Vorschlag. Adrian. Groß, kluge Augen, die unter einer runden Brille hervorschauen, ein paar Jahre älter als sie. Zögernd hält sie ihren Finger über das Bild. Da taucht auf einmal die Fee vor ihren Augen auf. Anklagend hält sie ihren Zauberstab auf sie gerichtet und stößt dabei fast an Mells Nasenspitze. „Jakob war doch perfekt!" Die Fee stemmt ihre Hände in die Hüften, was wirklich komisch aussieht, und Mell muss sich zusammenreißen, um nicht laut loszulachen.

„Was ist daran jetzt bitte lustig? Weißt du, wie viel Arbeit es macht, für dich den perfekten Mann zu basteln? Ihr Menschen habt keine Ahnung davon, wie schwer das Leben als Fee ist. Einmal den Zauberstab geschwungen und schon steht er da – der perfekte Mann. Pustekuchen! Gut soll er aussehen, dichtes Haar, muskulös, aber nicht zu muskulös, groß, aber nicht zu groß, mal blaue Augen, mal grüne und die dritte wünscht sich braune Augen. Dann der Charakter. Nett soll er sein. Aber nicht zu nett. Höflich. Gebildet. Lustig. Nett zu Kindern. Nett zu Tieren. Und er soll dich wie eine Prinzessin behandeln. Aber auch nicht nur auf

Händen tragen, damit du nicht das Gefühl hast, deine Selbstständigkeit zu verlieren. Weißt du, wie schwer es ist, das alles in einen Mann zu packen?" Die Fee ist so in Rage, dass graue Rauchkringel aus ihren Ohren steigen.

Betreten sieht Mell zu Boden. „Tut mir leid. Das wusste ich nicht."

„Einen Versuch gebe ich dir noch. Aber es ist der letzte. Merk dir das, Mell!" Erleichtert zieht Mell ihr Handy hervor, klickt auf Adrian und legt es dann schnell auf den Boden. Das Handy vibriert wie beim letzten Mal, grauer Nebel macht die Sicht im Wohnzimmer schwer. Mit einem lauten Knall steht plötzlich Adrian vor ihr. Selbstbewusst geht Mell auf ihn zu.

In dieser Nacht ist Mell wieder in der gleichen Traumszene gefangen. Immer weiter, immer weiter galoppiert sie, bis der Waldrand erkennbar ist. Sie kann die Silhouette eines Mannes erkennen. Sie treibt das Pferd weiter an. Näher an den Wald, näher an den unbekannten Mann, der regungslos ihre Ankunft erwartet. Bevor sie mehr erkennen kann, reißt der Wecker sie unerbittlich aus dem Schlaf.

Gähnend und noch nicht ganz wach, läuft Mell in die Küche. Per folgt ihr auf seinen Samtpfoten, seine Augen blitzen. „Ich weiß Per. Schau mich nicht so an. Du bekommst dein Futter ja gleich." Sanft streichelt sie über seinen weichen Kopf. „Ach Per, das Date gestern war eigentlich perfekt. Adrian ist toll, weißt du." Der Kater schaut sie verständnisvoll an. „Wenn nur das Eigentlich nicht wäre." Miauend stimmt Per ihr zu.

Der Schnee ist fast komplett von den Straßen verschwunden, aber es ist immer noch kalt. Fröstelnd zieht

Mell ihren Mantel enger um ihren Körper. Im Kindergarten sitzt Nils bereits in einer Ecke und malt in sich versunken ein Bild. „Was malst du denn Schönes? Darf ich mal sehen?" Der kleine Junge blickt neugierig auf.
„Wir tauschen. Das Bild gegen meinen Papagei."
„Abgemacht."
Mell schmunzelt und überreicht Nils feierlich den Plüsch-Papagei. Da fällt ihr Blick auf das Bild. Es zeigt ihren Traum. Ein weißes galoppierendes Pferd mit einer Frau darauf und ein Mann, der ihr entgegenläuft. Der Mann sieht fast aus wie – das kann nicht sein!

Das Bild war zu gut gezeichnet, eine Verwechslung ausgeschlossen. Da musste die Fee ihre Finger im Spiel gehabt haben. Nils war erst vier, er konnte kein perfektes Ebenbild von Luca malen. Das war unmöglich. Vielleicht siehst du auch nur das, was du sehen möchtest, hallt die Stimme von Isabell in ihrem Kopf nach. Nachdenklich kaut Mell auf ihren Lippen. Luca, ihr bester Freund seit Kindertagen. Sie wusste alles von ihm und er alles von ihr. Vor zwei Jahren hatte sie das erste Mal etwas anderes als Freundschaft für ihn empfunden, aber da war er in einer Beziehung. Sie wollte die Freundschaft nicht ruinieren und hatte nichts gesagt. Aber jetzt merkte sie, dass die Gefühle nie weg gewesen waren. Und Luca war längst wieder Single. Es war Luca. Immer nur Luca. Schnell schnappt sie ihren Mantel und ihr Handy und läuft vor die Eingangstür.

„Luca", sagt sie atemlos in ihr Handy. „Wir müssen uns sehen!"
„Was ist denn los? Ist was passiert?"
Sie macht eine Pause, bevor sie antwortet. „Ja. Du!"
Eine Stille breitet sich aus, die Mell kaum aushalten

kann. Dann die Antwort. „Ich habe so lange auf den Tag gewartet, an dem du endlich die gleichen Gefühle hast, wie ich sie für dich habe."

Die Fee, die alles von einem Ast aus beobachtet hat, klatscht leise in die Hände. Die Arbeit war getan und sie konnte zu ihrem nächsten Auftrag fliegen.

So kamen Mell und Luca schließlich zusammen und lebten glücklich und zufrieden bis an ihr Lebensende.

Linda Hagspiel

Dottergelb schmeckt die Sonne

Die kleine Bank am Rande des Weihers war kühl, obwohl die Sonne schien, als sie sich darauf setzte. Sie fühlte die Strahlen auf ihrem Gesicht. Ein leichter Wind umspielte ihre Haare. Sie hörte das Schnattern der Enten und das Singen der Vögel. Frühling lag in der Luft, sie konnte es riechen. Viel zu lange hatte der eisige Winter ihre kleine Welt im Griff gehabt. Es war ein Tag wie dieser, als sie zum ersten Mal seine Nähe wahrgenommen hatte. Vielleicht etwas trüber als der heutige. Doch diese feinen kleinen Nuancen hatte er ihr erst, auf seine wunderbare Art, beigebracht. Davor war sie wie eine leere Leinwand durchs Leben gegangen. Er hatte ihr erklärt, beschrieben, ihr gezeigt, wie sich eine bunte Welt anfühlt. Wie ein Maler, der mit einem Pinselstrich Lebendigkeit auf seine Leinwand zaubert, hatte er sie berührt. Als sie ihm begegnete, war sie bereits erwachsen. Komische Beschreibung. Ab wann ist man erwachsen? Auf jeden Fall war sie kein Kind mehr. Zumindest nicht im üblichen Sinne. Ihr Körper war ausgereift und ihr Verstand klar. Dennoch erweckte er in ihr eine kindliche Neugier, die sie selbst als Kind nie verspürt hatte. Eine Neugier auf das Leben. Auf die Welt. Mit all ihren Formen, Materialien, Gerüchen. Und Farben!

Sie saß damals genau wie heute auf dieser Bank am Weiher, als er sich zu ihr setzte. Irgendwas war ihr in den Schoß gefallen. Sofort hatten ihre Hände erschrocken danach getastet. Als sie fühlte, dass es sich nur um ein trockenes, wahrscheinlich von einem der umstehenden Bäume heruntergewehtes Stöckchen handelte, spielte sie eine Weile damit. Gerade, als sie es wegwerfen wollte, sagte eine dunkle, nicht brummige, eher männliche Stimme: „Wenn Sie mir erlauben, dass ich mich neben Sie setze, würde ich Ihnen beschreiben, welch einen Schatz der Wind Ihnen in den Schoß geweht hat." Sie hatte die Schritte schon von weitem gehört. Sie war ja nicht taub, nur blind. Sie hörte immer die Schritte der Menschen, die hier spazieren gingen. Die meisten gingen langsam, einige blieben stehen, andere liefen schneller. Ihr war das egal. Für sie waren es Füße, die in Schuhen steckten, und Menschen, die sie übersahen, anstarrten oder flüchteten. So war es immer. Wenn es mehrere Personen waren, kam noch das Schweigen, das erschrockene Schnaufen, das mitleidige Seufzen oder das nicht zu überhörende Tuscheln dazu. Deshalb war sie eigentlich ganz froh, als sie nur dieses eine Paar Schuhe gehört hatte. Dass sie angesprochen wurde, war eher selten. Meist von älteren Damen, die ihr Mitleid bekunden, ihre Geschichte erfahren oder ihr nur die eigene erzählen wollten.

Sie machte mit der linken Hand eine einladende Handbewegung. Es war kein schwerer Mann, denn als er sich hinsetzte, bewegten sich die Holzlatten nur leicht nach unten. Sie spürte schon bevor er etwas sagte, dass er sein Gesicht in ihre Richtung gedreht hatte. „Darf ich?" Sie hob ihre Hand und reichte ihm das knorrige Teil. „Hmm", machte er, bevor er zu einer Erklärung ausholte. „Das ist mit Sicherheit von der Trauerweide, die unmittelbar rechts von Ihnen am Ufer des Weihers steht." Trauerweide, dachte sie, das passt zu mir. Als er es ihr zurückgab, berührten sich ihre Fingerspitzen leicht und sie zuckte zusammen. Es war nicht unangenehm, nur ungewohnt. Sie schluckte, aber er sprach einfach weiter. „Das ist eine echte Trauerweide, zirka

15 Meter hoch. Es ist kein Baum, sie gehört zur Familie der Weidengewächse und ihr botanischer Name ist Babylonische Trauerweide." Verblüfft war sie seinen Ausführungen gefolgt.

„Hört sich an, als ob Sie Trauerweiden mögen? Sind Sie Botaniker?" Das dunkle Lachen klang echt. „Nein. Also ja. Ich mag diese Weiden, aber ich bin kein Botaniker." Sie drehte ihren Kopf in die Richtung, aus der seine Stimme kam. „Und warum mögen Sie ausgerechnet Trauerweiden?" Sie senkte ihr Kinn. „Ich finde schon der Name allein ... macht einen traurig." Obwohl sie ihn nicht sehen konnte, spürte sie seinen Blick. Er räusperte sich. „Vielleicht haben Sie eine Verbindung zu dieser Weide und sitzen deshalb so oft hier!" Sie hob ihr Kinn und lachte. „Eine Verbindung zu einer ..."
Ihr Lachen erstarb. „Woher wissen Sie, dass ich oft hier sitze? Verfolgen Sie mich, weil Sie ein kranker Typ sind, der sich an Frauen wie mich heranmachen will?" Sie drehte ihren Kopf zur Seite, als sie ein Paar Füße hörte, die langsamer wurden. Gut, alleine war sie nicht mit ihm. Seine Stimme klang ehrlich betroffen, als er sagte: „Entschuldigung, ich wollte Sie nicht erschrecken. Ich gehe seit Jahren immer wieder hier spazieren. Sie sind mir aufgefallen, weil Sie immer so traurig aussehen." Sie reagierte, indem sie ihre Lippen noch fester zusammenpresste.

„Ich will Ihnen nichts Böses. Und der Versuch, Sie über ein Stück Holz anzusprechen, war eine blöde Idee."
Ihr Kopf fuhr herum. „Das waren Sie?" Als er aufstand, war sein schweres Schlucken deutlich zu hören."

„Ich wollte Sie einfach nur kennenlernen. Verzeihen Sie, ich werde Sie nicht mehr belästigen."
Bis heute wusste sie nicht, was ihr den Mut verliehen hatte zu sagen: „Entschuldigung angenommen!"

Von da an trafen sie sich regelmäßig auf der Bank am Weiher. Und immer brachte er ihr etwas mit, womit er seine Welt beschrieb. Begeisterung und Wärme waren in seiner Stimme zu hören, als er die erste Farbe beschrieb. „Gelb ist die sanfte Wärme auf der Haut." Dann legte er einen gekochten Eidotter auf die Innenseite ihrer Handfläche. Sie zerrieb ihn zwischen ihren Fingern, roch und schmeckte. Nachdem er sehr sanft die Reste des Dotters mit einem feuchten Tuch entfernt hatte, bat er sie, ihre Hände zu einer Schale zu formen. Dann legte er etwas unglaublich Weiches hinein. Klein, zappelig, flauschig und lebendig. Ein Küken!
Sie war überwältigt von der Art, wie er mit ihr umging. In seiner Gegenwart fühlte sie sich normal und zum ersten Mal lebendig. Alles um sie herum schien anders. Es roch anders. Es fühlte sich anders an. Die Zeit zwischen ihren Treffen fühlte sich lang an. Aber sie spürte auch, je öfter sie sich trafen, die Traurigkeit in seiner Stimme. Der Frühling war schon lange zu Ende, der Sommer vorüber und der Herbst brachte die dunklen Erdtöne mit sich. Und mit ihnen seine düstere Stimmung, die sie spürte. Sie nahm sich ein Herz und fragte ihn. Er antwortete ihr: „Ich leide. Ich leide, weil ich die Farben gesehen habe, die Sie nie zu sehen bekommen."
„Was meinen Sie damit?", fragte sie.

Er hatte sich vorgelehnt und etwas unter der Bank hervorgezogen, das er sich auf den Schoß legte. „Wissen Sie, ich müsste eigentlich ein glücklicher Mensch sein. Ich bin gesund. Ich kann sehen. Aber was ich gesehen habe, macht mich krank und traurig." Sie hörte ein klackendes Geräusch. Dann legte er ihr etwas Kaltes, Schweres in die Hand. Die Form war nicht gleichschenkelig. Dieser Gegenstand löste bei ihr nicht wie die anderen Dinge Freude zur Erkundung aus. Ihre Finger begannen unruhig zu tasten. Der kürzere Teil ließ sich mit drei Fingern ihrer Hand umschließen. Sie konnte es nicht erklären, aber irgendwie machte ihr dieses schwere Ding Angst. Ohne ein Wort gab sie es ihm zurück. Dabei streifte ihre Hand, das, was auf seinem Schoß lag. Die Oberfläche war uneben. Rissig. Wie ungewollte Linien. Als sie weiter tastete, erspürte sie etwas Kaltes, Rechteckiges. Etwa einen Finger breit. Plötzlich legte sich seine Hand um die ihre und er sagte sanft: „Dieser Gegenstand ist mein alter Freund, schwarz wie die Nacht und kalt wie der Tod. Und dieser alte, schäbige braune Koffer begleitet ihn und mich immer auf meinem Weg ins Ungewisse." Dann lachte er leise, fast unheimlich. „Wissen Sie, dieses alte Ding ist wie ich. Keiner wird ihn vermissen, wenn er nicht mehr da ist." Sie verstand nicht, was er ihr damit sagen wollte. Aber sie traute sich auch nicht, ihn danach zu fragen. Sie fühlte sich plötzlich unwohl in seiner Nähe. Und so sagte sie nichts. Schweigend saßen sie noch eine Weile beisammen, bevor sie sich knapp voneinander verabschiedeten und jeder seiner Wege ging.

Als der erste Schnee fiel, wartete sie vergebens auf ihn. Manchmal glaubte sie, seinen Schritt zu erkennen. Dann fiel sofort die Starre von ihr, und sie blickte erwartungsvoll in die Welt. Aber es war wie früher. Schritte, die langsamer wurden, Schritte die stehenblieben und Schritte, die schneller wurden. Wie lange der

Winter war, wusste sie nicht. Für sie schien es weder Tage noch Wochen oder Monate zu geben, für sie gab es nur noch Jahreszeiten. Bis zu jenem Tag, als die Sonne so stark vom Himmel herabbrannte, dass ihre Haut spannte. Sie spürte Hitze in sich und erinnerte sich an seine Erklärung der Farbe Rot. „Rot ist Leidenschaft. Energie. Das pure Leben", hatte er gesagt. „Solange man Hitze in seinem Körper fühlt, spürt, wie das Blut in den Adern pulsiert, lebt man. Man lebt, weil man das Leben liebt. Nur das ist, was zählt." Sie spürte eine Träne, die langsam ihre Wange hinabrollte. Das feine, samtige Rosenblatt glaubte sie noch immer zwischen ihren Fingerspitzen zu fühlen. Er hatte recht. Sie spürte Leben in sich. Sie war blind, aber er hatte ihr die Schönheit der Farben geschenkt. Sie ahnte, dass sich die Farben in seinem Leben anders angefühlt hatten. Und sie war glücklich, dass er ihr nur die schönsten Nuancen geschenkt hatte. Sie stand auf und ging der Sonne entgegen.

Magdalena Punkt

Ist das Kunst oder kann das weg?

„Das ist doch einfach zum Kotzen!" Heinz zog sein Stofftaschentuch aus der Hosentasche und schnäuzte sich geräuschvoll. „Zwei Stunden. Zwei Stunden stehen wir jetzt hier schon in der Pampa rum. Ohne Kaffee." Seine Stimme klang belegt. „Und du hörst jetzt bitte auf, über meinen Bruder zu reden… wirklich, ich kann es nicht mehr hören."

Margret musterte ihren Mann mit aufgesetzt sorgenvoller Miene. „Du musst dich entspannen. Wenn du so in München ankommst, wirst du den Tag morgen wirklich nicht überstehen."

„Das ist ja der Punkt." Heinz schlug mit der Hand auf die Tischplatte und starrte aus dem Fenster. „Ich würde zu gerne noch zu einer halbwegs christlichen Zeit im Hotel ankommen. Um mich zu entspannen. Aber wenn wir nicht endlich weiterfahren…"

Umständlich öffnete Heinz den obersten Knopf seines Hemdes. Er musterte die bläulich karierten Polster des kleinen Zugabteils, die zerlesenen Zeitungen der Fahrgäste und den überfüllten Müllbehälter, aus dem eine zerknüllte Cola-Dose herausragte. Margret streckte Heinz ihre Wasserflasche entgegen, aber er winkte nur ab.

„Ach Heinz, jetzt reiß dich zusammen. Warum hast du deinem verehrten Bruder dann nicht abgesagt, wenn es dich so stresst, auf seine aufgeblasenen Familienfeiern zu gehen?"

Heinz' Blick traf seine Frau mit eisiger Kälte. Margret wandte sich ab und schaute nun ebenfalls aus dem Fenster, vor dem sich seit über zwei Stunden nichts bewegt hatte. Der ICE von Hamburg nach München stand. Warum, das konnte im Grunde keiner sagen. Schenkte man den Durchsagen Glauben, gab es Störungen im vorgelagerten Bahnhofsbetrieb. Weitere Informationen zu den Anschlusszügen in Ulm kämen in Kürze. Leider könne man aufgrund eines Stromausfalls im Bordrestaurant aktuell keine warmen Speisen und Getränke servieren. Man bedaure dies sehr und bitte um Verständnis.

„Mir reicht's. Ich muss hier raus. Ich suche jetzt einen Schaffner und bring ihn um."
„Das ist sicher sehr hilfreich", antwortete Margret.
Als ihr Mann das Abteil verlassen hatte, atmete sie auf. Sie streifte die Schuhe von den Füßen und streckte ihre Beine. Für einen Moment schloss sie die Augen, zog dann aber doch eine Zeitschrift aus der Handtasche und vertiefte sich mit einem tiefen Seufzer in einen Artikel. Als schließlich nach einem dezenten Klopfen langsam die Türe des Abteils aufgeschoben wurde, erschrak sie über die Maßen.

„Verzeihen Sie." Ein Schaffer von schmaler Gestalt und mit angenehmem Lächeln schob behutsam seinen Kopf durch die Türe. „Entschuldigen Sie vielmals, jetzt habe ich Sie erschreckt. Aber Ihr Mann hat darauf bestanden, dass ich bei Ihnen im Abteil vorbeikomme, um für Aufklärung zu sorgen. Er schien mir sehr verärgert."
„Ja, er ist angespannt", erklärte Margret.
Der junge Mann lächelte und nickte.

„Ja, ich bin angespannt!" Heinz wischte sich den Schweiß von der Stirn, als er hinter den Schaffner herantrat. „Und Ihre Toiletten sind auch nicht mehr ganz taufrisch, wenn ich das so sagen darf."

„Wir werden uns bemühen, das so bald wie möglich wieder in Ordnung zu bringen", beteuerte der schmale Schaffer in seinem etwas zu großen Anzug. „Es sind nur gerade etwas unglückliche Umstände."

„Dann klären Sie uns doch mal auf", entgegnete Heinz, als er sich an dem Schaffner vorbei in sein Abteil zwängte. „Ich hatte heute Nachmittag eigentlich was anderes vor, als hier herumzusitzen."

„Ich verstehe. Aber Sie werden es nicht bereuen", antwortete der Schaffner freundlich.

Margret und Heinz guckten verblüfft.

„Und? Sagen Sie uns jetzt auch, was hier los ist?"

„Tja!" Der junge Schaffner seufzte theatralisch. „Die Sache ist etwas verzwickt. Ein wenig kompliziert, müsste man fast sagen." Er beugte sich nach vorne und setzte mit gedämpfter Stimme seine Erklärung fort. „Als einfacher Schaffner bin ich auch gar nicht qualifiziert, darüber zu sprechen. Aber ich kann Ihnen sagen, dass es sogar einen Artikel über diese seltsame Angelegenheit in unserem Bordmagazin gibt."

„Herrgott! Welche Angelegenheit?" Heinz' Muskeln zuckten unter den Wangen.

„Schon gut, schon gut. Da Sie es so unbedingt hören wollen. Es geht wieder um die Sache mit diesen Koffern." Der schmale Schaffner blickte andächtig aus dem Fenster. „Vor uns auf dem Bahnhof steht wieder einer von diesen Koffern, die die Polizei, ach einfach alle, in helle Aufregung versetzen."

Margret richtete sich auf und sah den Schaffner erwartungsvoll an. „Koffer? Wieso Koffer? Wurde jemand beklaut?"

„Nein, ganz im Gegenteil", erklärte dieser. „Die Koffer,

sie tauchen einfach auf, auf dem Bahnsteig, und keiner weiß, wie sie da hingekommen sind."

Margret und Heinz blickten sich fragend an, als der Schaffner für einige Sekunden verschwand und schließlich mit einer Ausgabe des Bordmagazins zurückkehrte. „Hier, lesen Sie selbst. Die Sache ist wirklich aufregend. Alles begann an einem Bahnsteig in Wuppertal. Da stand eben plötzlich dieser alte Koffer rum. Ein altes schrulliges Teil mit einer abstehenden Schließe. Hier, sehen Sie, da ist auch ein Bild abgedruckt."
Margret nahm die Zeitschrift an sich und überflog die Bilder mit einem Raunen. „Passanten meldeten den Koffer dem Bahnhofspersonal", fuhr der Schaffner fort. „Und dann brach das Chaos aus. Es hätte ja auch eine Bombe sein können. Ja wirklich, eine Bombe, meinen Sie nicht?"
Als der Schaffner sie forschend ansah, nickte Margret mit offenem Mund.
„Und so wurde getan, was getan werden musste. Die Polizei, die Sprengstoffhunde, alle waren auf das Äußerste gefasst."
Heinz rieb sich die Stirn und zog ein bitteres Gesicht. „Und Sie meinen, da vor uns ist wieder so eine Bombe?" Er ließ sich matt in den Sitz fallen. „Na gut' Nacht. Dann kann ich mich ja gleich hier zum Schlafen hinlegen."
„Nun ja, bei diesem Koffer, also dem in Wuppertal, da stellte sich heraus, dass es mitnichten eine Bombe war. Die Hunde jaulten zwar wie verrückt, denn das Ding verströmte einen eigenartigen Geruch. Aber eine Bombe war es nicht."

Widerwillig beobachtete Heinz, wie seine Frau angesichts dieser Schilderungen in helle Aufregung geriet. „Man wollte den lästigen Koffer schließlich entfernen", fuhr der Schaffern fort. „Aber es ging nicht."

„Was? Es ging nicht?"

„Richtig, es ging nicht. Der Koffer war irgendwie – festzementiert."

Margrets Augen begannen zu leuchten. Das Bordmagazin hielt sie zusammengerollt an ihre Brust gedrückt.

„Es stellte sich sogar heraus, dass der ganze Koffer aus Beton war. Aber so detailgetreu, dass man es selbst aus der Nähe nicht merkte."

„Na das wird ja immer besser", ereiferte sich Heinz. „Da waren wohl massive Spinner am Werk."

„Jawohl! Es wird wirklich immer besser." Der schmale Schaffner richtete sich auf und sprach beinahe herrisch zu seinem Publikum. „Aber Spinner waren das nicht! Die Täter waren äußerst geschickt. Sie platzierten den Koffer, ohne dass es auch nur eine Person sah." Er machte eine geheimnisvolle Geste. „Und es waren Künstler. Diese Betonkoffer, sie waren höchst kunstfertig gemacht."

„Unglaublich", hauchte Margret. „Und hat man den Täter ausfindig gemacht?" Sie schlüpfte wieder in ihre Schuhe, als hätte sie eine Vorahnung.

„Nein, das ist ja das Mysterium. Die Aufzeichnungen der Kameras halfen nichts. Und Passanten, die zu ihren Zügen eilen, die achten auf so was nicht."

„Aber das ist doch ein Skandal!" Langsam kehrte die Zornesröte in Heinz' Gesicht zurück.

„Oh ja, ein Skandal! Da haben Sie recht. Auch die Polizei war entsetzt. Wer sich solche Späße erlaubt, sei ein

Saboteur, der mit den Ängsten der Menschen vor An-
schlägen und Attentaten spiele."

„Unglaublich", rief Heinz. „Solche Leute gehören ein-
gesperrt!"

„Darüber ließe sich streiten", erwiderte der schmale
Schaffner. „Aber ich gebe Ihnen Recht, sich zu empö-
ren. Das ist nie verkehrt. Auch die Empörung in der
Bevölkerung war groß, mit dem Effekt, dass sich wenige Wochen später ein weiterer betonierter Koffer fand.
Im Bahnhof von Herne." Der Schaffner begann zu ki-
chern. „Haben Sie das denn nicht in den Zeitungen gelesen?"

„Offensichtlich nicht", schnauzte Heinz zurück. „Aber
was zum Teufel gibt's da zu lachen? Ich sehe Tausende
von Menschen, die schwitzend in ihren Zügen im Nirgendwo stehen."

„Ja, ja", sagte Margret, „du siehst immer nur dich
selbst."

Wieder begann der Schaffner verschmitzt zu lächeln.
„Aber ja, der Herr, natürlich, Sie haben ja so recht. Das
ist auch alles wirklich sehr bedenklich. Vielleicht wird
es Sie interessieren, dass mittlerweile 17 solcher Koffer
aufgetaucht sind. Wie gesagt, das war alles in der Presse."

„Ja, das sagten Sie schon. Aber solche Dinge interessieren mich eben nicht!"

„Vermutlich, ja, vermutlich nicht."

Heinz sah den schmalen Mann in seiner zu großen
Uniform entgeistert an. „Bevor Sie jetzt unverschämt
werden, machen Sie sich vielleicht lieber nützlich."

Mit hochgezogenen Augenbrauen blickte der Schaffner
die beiden erwartungsvoll an.

„Vielleicht finden Sie mal heraus, wie lange der Spaß

hier noch dauern wird."

„Nun, so drei bis vier Stunden nehme ich an, je nachdem, wie groß das Gebiet ist, das von der Polizei gesichert und geräumt werden muss."

Heinz stöhnte laut.

„Im Übrigen handelt es sich bei diesen Koffern wohl nicht um einen Spaß. Es handelt sich vielmehr – um Kunst."

Margret quietschte vor Vergnügen. Sie klatschte in die Hände. „Erzählen Sie weiter", bat sie. „Erzählen Sie weiter. Ich finde auch, das Ganze riecht nach Kunst."

Heinz stockte der Atem, als er seine Frau ansah. „Jetzt reicht's mir aber. Ich hab keine Lust mehr, noch länger diesen Unsinn anzuhören."

„Aber Heinz", entgegnete Margret, „du wolltest doch wissen, was hier los ist. Der junge Mann sollte die Sache doch aufklären."

„Herzlichen Dank", murmelte der schmale Schaffner. „Manche Männer mögen es ja nicht, als junger Mann bezeichnet zu werden, aber bei Ihnen…"

„Ich glaube, ich habe genug gehört! Ich danke Ihnen!" Heinz war im Begriff, sich zu erheben, um den Schaffner irgendwie loszuwerden, bis Margret mit einer ebenso vehementen Geste dazwischenging.

„Ich würde das allzu gerne hören", sagte sie laut und deutlich. „Wie ging das denn weiter mit der Koffer-Kunst?"

„Sie möchte das hören", stellte der Schaffner mit einem breiten Grinsen fest. Er beugte sich zu Margret und fuhr, nicht ohne Heinz im Auge zu behalten, mit seiner Erklärung fort. „Jetzt wird es spannend", raunte er ihr entgegen. „Denn als der dritte Betonkoffer in Filderstadt aufgetaucht war, wandte sich eine Künstlergruppe an die Öffentlichkeit. Sie wollte anonym bleiben, aber sie bekannte sich voller Inbrunst zu der verwegenen Tat."

„Aber das ist doch Terror!" Heinz schob sich aus seinem Sitz und bäumte sich vor dem schmalen Schaffner auf. „Das ist doch keine Kunst."

„Heil oder Unheil, Kunst oder Terror. Eine sehr philosophische Frage. Aber wie schön, dass Sie sich nun doch für diese Dinge interessieren. Ja wirklich, was für ein Glück." Begeistert klatschte der Schaffner in die Hände.

„Jetzt will er uns verscheißern. Margret! Margret, merkst du das denn nicht?"

„Verscheißern? Aber nein. Sehen Sie, die Koffer, sie bringen die Menschen in Bewegung. Sie stören die alltägliche Ordnung. Es wird darüber gesprochen, geschrieben, es wird gestritten. Ist das nun Kunst oder Terror? Das ist doch interessant, oder etwa nicht?"

Der Zug machte plötzlich einen Ruck nach vorne. Heinz und der Schaffner gerieten ins Wanken und der schmale Mann krallte sich für einen Moment kichernd an sein Gegenüber.

„Nun lassen Sie mich doch." Angewidert stieß Heiz den schmächtigen Mann zurück. „Das finden Sie wohl komisch, oder was?"

„Durchaus", erklärte der Schaffner bereitwillig. „Wirklich sehr komisch. Im Übrigen, die 17 Koffer, sie stammten nicht von einer Person. Die Koffer wurden zu einer Bewegung. Sie wurden zum Symbol dafür, die menschlichen Ströme zu stören."

„Also schön", schrie Heinz, „ich fühle mich gestört. Ist es das, was Sie hören wollen?" Heinz raufte sich die Haare. Er stand vor den beiden wie ein Tiger im Käfig.

Ihm stand die Lust im Maul, mindestens einen der beiden zu zerreißen.

Margret sah ihrem Mann tief in die Augen. „Und was passierte mit all den Koffern?"
„Margret, das ist doch Dreck. Also wirklich, ich bitte dich!"

Der schmale Schaffner beobachte die beiden mit zusammengekniffenen Augen. „Die Koffer wurden alle mit dem Presslufthammer entfernt", sagte er schließlich. „Nur in Karlsruhe hat man einen stehengelassen. Es ist ja schließlich Kunst." Erneut beugte er sich kichernd nach vorne. „Und die Cafés am Bahnhof verkaufen nun Schokoladenkoffer. Sie machen glänzende Geschäfte."
„Mir reicht's." Heinz packte den schmächtigen Mann am Kragen. „Sie gehen jetzt. So viel Unsinn kann ich einfach nicht ertragen!"
Doch Margret sprang auf und mischte sich tapfer in das handgreifliche Geschehen. Schon schubste Heinz seine Frau in die blaugemusterten Sitze zurück, bald griff der Schaffner nach dem wankenden Geschehen. Reißende, zerrende und greifende Hände verlangten nach Raum an den verwegensten Stellen. Zeitungen stoben, zerknüllt wie sie waren, durch die aufgeheizte Luft. In die Explosion der geschlossenen Gesellschaft mischten sich Ächzen und Stöhnen sowie Blicke des Zorns, Hass.
„Es gibt hier keine Kunst", schrie Heinz. „Keine Kunst! Jetzt verschwinden Sie doch!"

„Oh mein Gott", keuchte der Schaffner, der nach diesem körperlichen Akt völlig außer Atem geraten war. Er schnappte nach Luft und zog nun seinerseits den völlig derangierten Hemdskragen zurecht. „Sie wollen das vielleicht nicht hören", erklärte er mit atemloser

Stimme. „Vielleicht begreifen Sie es auch nicht. Aber Sie, mein Herr, und auch die Dame, Sie sind schon lange Teil der Kunst." Nun blickte er Heinz direkt in die Augen. „Sie haben gelitten, wir haben gestritten. Kunst oder Terror? Das ist Kunst! Im Übrigen war das gerade ein großartiger Auftritt." Bei diesen Worten richtete er sich auf und deutete hinter sich. „Ein großartiger Auftritt, sehen Sie selbst."

Heinz folgte seiner Geste und erstarrte. Er blickte durch die Glasscheibe des Abteils. Da waren Menschen. Sie grinsten, sie klatschten, sie johlten. Manche starrten ihm auch nur verwundert ins Gesicht. Eine junge Frau hielt ihm ihr Handy entgegen. Ihm wich die Farbe aus dem Gesicht, als er begriff. Sie filmte. Sie filmte ihn. Sie filmte Margret und Heinz. Wie lange schon? Heinz wurde übel. Was für ein Auftritt. Was hatten all diese Menschen gesehen? Er riss die Hände nach oben. Er riss die Hände vor die Kamera. Heinz wollte schreien, doch aus seinem aufgerissenen Mund kam einfach nichts.

Evi Hallermayer-Jahreiß

Flaschenpost im All

Wir schrieben das Jahr 3040. Die Ressourcen unseres Heimatplaneten waren fast vollständig erschöpft, und die Natur litt unter der massiven Überbevölkerung. Viele Bewohner mussten auf einen naheliegenden Trabanten umgesiedelt werden, der auf Dauer nicht zum Erhalt unserer Zivilisation geeignet war.

Doch seit wenigen Wochen bestand Hoffnung. Wir hatten in Form einer goldenen Scheibe eine Botschaft des Planeten GX99 erhalten.

Der Bildschirm unseres galaktischen Vernetzungssystems GV40-1, auf dem bis vor kurzem nur ein Flimmern zu sehen gewesen war, färbte sich golden.

„Captain, es gibt wohl Neuigkeiten", rief mir mein erster Offizier zu. Der hier anwesende Teil der Crew versammelte sich vor dem Monitor und wartete gespannt auf Informationen.

Ich trat näher. „GV40-1, hat unsere Sonde ihre Exploration auf dem Planeten endlich beendet?"
„SIE IST NOCH NICHT MIT DEN MESSUNGEN FERTIG."
„Und die Scheibe, die sich auf der fremden Sonde befand, verrät sie etwas über GX99?"
„HIERBEI HANDELT ES SICH UM EINEN DATENTRÄGER MIT VISUELLEN UND AUDITIVEN INHALTEN. MIR GELANG ES, DIE SCHEIBE ZU ENTSCHLÜSSELN. ES SIND GRUSSBOTSCHAFTEN DER BEWOHNER."
„Dann zeig uns die Projektionen."

Eine Tonfolge, die ein bestimmtes Muster ergab, erklang, während unterschiedliche Bilder gezeigt wurden. Nach einigen Grafiken sah man auch schon die ersten Wesen des Planeten GX99.

„Die Ähnlichkeit mit uns ist verblüffend", sagte mein erster Offizier.

„Sie bewegen sich auch biped fort, vielleicht ist die Gravitation nicht so stark wie angenommen", warf ein Crewmitglied ein.

„Nun, die hier gehen aber auf vier Beinen." Neben mir deutete jemand auf den Monitor.

„Die sehen ganz anders aus. Sie dienen bestimmt zur Energieeinverleibung."

GV40-1 wiederholte die Projektionen. Ich sah mir die Bilder der Landschaften an, die stellenweise unserem Planeten ähnelten, ihn aber an Vielfalt überboten, wie es schien. Auf einigen Bildern waren die Bewohner mit Pflanzen zu sehen, die verglichen mit den Wesen selbst, eine beachtliche Größe hatten. Es gab Wasser und viel Gestein. Die Bewohner sahen aus, als ob es ihnen auf dem Planeten gut ginge. Allem Anschein nach könnte dieser Himmelskörper das Ziel unserer Suche sein. Endlich!

Meine Crew tauschte sich aufgeregt aus. Einige unterhielten sich schon darüber, was sie als erstes machen würden, wenn sie wieder festen Boden unter ihren Füßen hätten.

Als unsere Sonde Signale sendete und GV40-1 damit begann, die Daten auszuwerten, wurde die Stimme des galaktischen Vernetzungssystems durch lautes Jubeln und Klatschen übertönt.

Als die Daten von der Sonde ausgewertet waren und wir auf den Bildschirm sahen, kehrte Stille ein.

„Bei den Sternen! Was haben die mit ihrem Planeten angestellt. Die Ausdünnungen an den oberen und unteren Sphären stammen wohl von schädlichen Substanzen", sagte eines meiner Crewmitglieder.

GV40-1 zeigte nun andere Bilder. Bilder, die nicht mehr zu jenen auf der Scheibe passten. Es gab großflächige Brände. Eis an den Polen, wie es auf den vorherigen Projektionen zu sehen war, war kaum mehr vorhanden. Der Planet hatte sich drastisch verändert und war am Rande einer irreparablen Katastrophe angelangt, so dass eine Besiedelung schon jetzt sinnlos schien.

Nach einem Moment der Ratlosigkeit und nachdem ich mir genügend Luft einverleibt hatte, wandte ich mich wieder dem System zu. „GV40-1, wo wäre der nächste geeignete Planet?" Die Antwort war nicht zu hören, da jetzt alle wie wild durcheinander sprachen. Über meine Entscheidung weiterzuziehen, herrschte allgemeines Entsetzen.

„Captain, können wir es nicht einfach versuchen?", fragte mein erster Offizier. „Vielleicht könnten wir uns den Planeten erst einmal genauer ansehen?"
„Unsere Treibstoffreserven sind begrenzt. Wir werden uns nicht mit einem Planeten aufhalten, der schon in ein paar Jahrzehnten genauso aussieht wie unser eigener." Ich wandte mich zur Crew um. „Alle an ihre Posten, wir schlagen eine andere Route ein."

„GV40-1, wo wäre der nächste geeignete Planet?", wiederholte ich, als es stiller geworden war.

„MEINE SENSOREN ZEIGEN IM BENACH-
BARTEN STERNENSYSTEM EINEN PLANETEN
MIT EIGENER ATMOSPHÄRE AN."
„Gut, versuchen wir es dort", seufzte ich.

Als das Raumschiff an GX99 vorbeiflog, war mein
Interesse für den blauen Planeten bereits verschwunden.

Mein Blick glitt vom All zu meinem ersten Offizier,
der sich wohl nicht so einfach von GX99 verabschieden
wollte. Er bat das System, noch mehr von den auditiven
Inhalten abzuspielen. Auf dem Weg zu GX100 erklang
eine Mischung aus schwungvollen Tönen, in einem
eigenartigen rhythmischen Stil. Meine Crewmitglieder
wippten mit den Köpfen und ihre Haut färbte sich orange.

Mein Blick ging wieder zu den Sternen. Ich bewegte
meinen Kopf ebenfalls auf und ab, als ich den Klängen
weiter lauschte: Go, Johnny, go.

Melanie Michalak

Farbwechsel

„Morgen soll es nur 28 Grad haben", sagte Heinz mit prüfendem Blick auf sein Handy und nahm einen großen Schluck Kaffee aus dem Emaillebecher mit der Aufschrift „Opas Tasse". Dann rutschte er mit seinem Klappstuhl so ruckartig zurück, dass trockener Sand aufstob und auf seinen nackten Zehen niederging, stand auf und stapfte ins Wohnmobil.

Hilde verdrehte die Augen hinter ihrer Zeitschrift, sagte aber nichts. Sie dachte nur an den Vinylboden, den sie ständig von Sand und Staub befreite, mit dem Wischmopp, den sie stets neben der Eingangstüre hinter dem Fliegengitter platzierte.

Seit Tagen warteten sie auf etwas angenehmere Temperaturen, denn für April war es auch in Marokko ungewöhnlich heiß. Hilde hatte schon einiges über Marrakesch gehört. Und das, was sie gehört hatte, machte ihr ein klein wenig Angst.

„Keinen Geldbeutel mitnehmen, nur Bargeld am Körper tragen", hatten Rainer und Gertrud von nebenan mit beschwörender Miene geraten.

„Macht auf keinen Fall ein Foto von den Schlangenbeschwörern", hatte Dauercamper Jan aus Ostfriesland ihnen gesagt. „Die wollen dafür Geld und laufen hinter dir her, wenn du nichts zahlst!" Jan hatte viel Erfahrung mit Marokko. Er kam jedes Jahr über die Wintermonate mit seinem Wohnmobil und seinem Hund hierher und musste es schließlich wissen. Heinz hatte deshalb zu Jans Ratschlägen genickt und dabei dem Hund liebevoll den Kopf gekrault.

Heinz und Hilde fühlten sich also gut vorbereitet, als sie am nächsten Tag in Richtung Marrakesch fuhren. Die lange Straße führte sie schnurgerade durch die vorwiegend braune dürre Landschaft. Links und rechts der Straße reihten sich kleine Garagen aneinander. Hilde würde sie eher als Barracken bezeichnen – unverputzt, meist Rohbau, ziemlich heruntergekommen. Die meisten dieser kleinen Gebäude dienten wohl als Laden, jedenfalls liefen dazwischen verschleierte Frauen mit ihren Kindern an der Hand und vollen Einkaufstüten hin und her. Vor den Läden standen Waren aller Art – Gemüse, Töpfe, Waschmaschinen. Was Hilde noch sah, waren Schafe. Viele Schafe. Sie standen neben der Straße herum oder wurden auf Handkarren gezogen oder geschoben. Einmal blieb Heinz stehen und fotografierte ein Schaf am Straßenrand.

Andere Autos fuhren auch nach Marrakesch, die meisten waren sehr alt, manche sogar mit Klebeband repariert. „Die kämen bei uns so nie durch den TÜV!", bemerkte Hilde und Heinz nickte.

Die Klimaanlage des Wohnmobils zeigte angenehme 19 Grad. Hilde wusste, dass es in Marrakesch zwischen den Häusern bestimmt noch heißer war. Deshalb hatte sie ihren Sonnenhut eingepackt, der jetzt auf ihren Knien lag. Sie trug eine gemusterte Bluse und eine lange Leinenhose. Als Tourist sollte man nicht so freizügig herumlaufen, hatte ihnen Jan der Ostfriese geraten.

Als sie ankamen, öffnete Hilde die Beifahrertür und die Hitze schlug ihr wie eine Wand entgegen. Hier war es definitiv heißer als auf dem Campingplatz. Sie setzte ihren Sonnenhut auf und hakte sich bei Heinz unter, der sich die Kamera um den Hals hängte und einzelne Scheine des Bargeldes in die unzähligen Taschen seiner

Outdoorhose stopfte. Hilde klemmte sich einen Schein in ihren BH. „Sicher ist sicher", sagte sie und zwinkerte. Heinz grinste.

Dann folgten sie den Straßen laut Jans Beschreibung und fanden sich nach kurzer Zeit auf dem Platz Dschema el Fna wieder. Hilde blieb stehen. Sie fühlte sich erschlagen von den Eindrücken. Tatsächlich gab es hier richtige Schlangenbeschwörer! Sie saßen auf Teppichen auf dem Boden, vor ihnen eine Schlange, die zur Flötenmusik ihren langen Körper nach oben streckte.

„Wie in 1000 und eine Nacht", murmelte Heinz. Er war froh, von Jan die Warnung mit dem Foto bekommen zu haben. Aus sicherer Entfernung beobachteten sie eine Gruppe japanischer Touristen, die mit den Handys fotografierten und anschließend abkassiert wurden.

Sie schlenderten weiter in Richtung der Saftstände auf der anderen Seite des Platzes. Ein bisschen erinnerte es Hilde an den Wochenmarkt, nur dass hier Unmengen von Orangen und anderes Obst aufgetürmt neben einer Presse darauf warteten, als Saft in einem Plastikbecher an Touristen verkauft zu werden.

„So etwas gibt es zuhause auf dem Wochenmarkt nicht", sagte Hilde und bekam beim Anblick des frischen Orangensaftes in den Plexiglasbehältern Durst.

Heinz sagte: „Wer weiß, ob das Wasser frisch ist, das die verwenden", und zog Hilde weiter. Hilde nahm einen Schluck warmgewordenes Wasser aus der Trinkflasche, die Heinz im Rucksack trug.

Am anderen Ende des Platzes ging es hinein in die Souks – die verwinkelten Verkaufsstraßen im Inneren der Stadt, von denen sie schon so viel gehört hatten. Überall gab es bunte Gewürze zu kaufen, die wie Zuckerhüte in runden Behältern aufgetürmt angepriesen wurden. Es roch nach Kurkuma, Hühnerkacke und Pfefferminze gleichzeitig. Laute Stimmen fingen sich zwischen den Mauern der engen Häuser, die als winzige Läden dienten und ein Gewimmel aus unzähligen Gassen bildeten. Hildes Herz schlug ihr bis zum Hals. Sie umklammerte Heinz' Arm fester und versuchte unauffällig nach links und rechts zu schielen. Denn sobald einer der Händler bemerkte, dass Hilde etwas ansah, kam er schon auf sie zu und hielt ihr einen Gegenstand unter die Nase. Hilde hob dann abwehrend die Hand und wurde von Heinz schnellen Schrittes weitergezogen. Insgeheim seufzte sie angesichts der vertanen Chance, eines der kleinen geschnitzten Kamele zu kaufen, die ihr schon gefallen hätten.

Immerhin erstanden sie einen Schal in grau-beige. Angeblich Kaschmir! 17 Euro hatten sie umgerechnet bezahlt. Hilde war damit zufrieden, auch wenn sie den roten Schal ein klein wenig schöner fand. Für den wollte der Händler allerdings deutlich mehr haben. Der graue Schal ist ja auch nett, dachte Hilde.

Nach dem Kauf fühlten sie sich beide entspannter. Sie tranken eine Tasse Pfefferminztee in einem der kleinen Cafés, in denen nur Touristen saßen und die Ober etwas Englisch sprachen. Wider Erwarten kühlte der heiße Tee ihre Kehlen. Hildes Bluse klebte ihr schon am Rücken und auf Heinz' T-Shirt hatte sich ein Schweißfleck an der Stelle gebildet, an der er die Kamera trug. Hilde fühlte in die kleine weiße Plastiktüte hinein, die neben ihr auf dem Stuhl lag, und strich über den weichen Kaschmir-Schal. Ihr Herz hüpfte bei dem Gedanken, dass sie den Schal zu Hause zur Übergangsjacke tragen würde. Bestimmt würde Erna aus der Metzgerei sie darauf ansprechen und fragen, wo sie den Schal gekauft habe. „Marokko?", würde Erna dann sagen. „Weiß nicht mal, wo das genau ist." Und dann würde sie es Erna erklären – nur durch Spanien durch, bei Gibraltar über die Grenze und übers Meer drüber, schon ist man da. Hilde lächelte bei dem Gedanken daran und lehnte sich zufrieden zurück.

Gestärkt schlenderten Hilde und Heinz zum anderen Ende des Platzes. Hilde erschrak beim Anblick eines Vogelkäfigs. Innen an den Gitterstäben klammerten mehrere hellbraune Chamäleons. „Schau mal!", sagte sie und zog Heinz aufgeregt am Ärmel. „Das ist doch nicht erlaubt! Wer kauft denn die armen Tiere hier am Markt?"

„Naja, ist halt nicht wie in Deutschland", brummte Heinz und kniete sich vor den Käfig. Hilde beugte sich ebenfalls etwas herunter, um die Chamäleons genauer zu betrachten. Im Zoo hatte sie schon mal eines gesehen, hinter einer Glasscheibe in einem mit Grünpflanzen gefüllten Terrarium. Aber die hier – die waren so nah, dass Hilde Lust verspürte, eins zu berühren.

„Meinst du, die beißen?", fragte sie und schob vorsichtig ihren Zeigefinger zwischen die Stäbe.

„Spinnst du! Lass das, Hilde!", fauchte Heinz und zog ihren Finger mit einem schnellen Ruck aus dem Käfig.

„German? Schweiz?", hörten sie hinter sich eine Stimme.

Hilde wurde rot und richtete sich schnell auf. „Äh ja, Deutsch, ich meine German, ja", stammelte sie und fühlte sich ertappt.

„Chamäleon, schönes Tier!", sagte der Händler und öffnete den Käfig.

„Jaja, wir haben nur geschaut, danke", sagte Heinz und rieb sich die Schulter, die vom Gewicht des Rucksacks und der Kamera schmerzte.

Der Händler nahm ein Chamäleon heraus und setzte es sich auf die Schulter. Hilde grinste.

„Kein Problem. Schau, Chamäleon macht nix. Gut Tier", sagte der Händler und hielt dem Tier wie zum Beweis seinen Finger hin. Das Chamäleon rührte sich tatsächlich nicht und zeigte den gleichen schläfrigen Gesichtsausdruck wie zuvor im Käfig. Es wirkte zu Hildes Überraschung kein bisschen ängstlich.

„Du?", sagte der Händler und deutete Hilde an, das kleine Reptil zu streicheln.

„Ja gut, ich probier's mal", kicherte Hilde und streckte sich etwas nach vorn, um das Chamäleon zu streicheln, ohne dabei dem Händler zu nahe zu kommen.

„Gut Preis!" Der Händler grinste und offenbarte zwei dunkle Zahnlücken.

„Oh, nein, wir können keine Tiere kaufen. Da bekommen wir Probleme mit dem Zoll", sagte Heinz und hob die Hände für die schon geübte abwehrende Geste.

„Zoll? Kein Problem. Darfst! Darfst! Kein Problem. Alles gut", sagte der Händler und zog hinter dem Rücken eine kleine Pappschachtel hervor. „Gut Preis, 200 Dirham!"

„200 Dirham?" Heinz schnaubte. „Das sind ja … 20 Euro!" Einen Moment überlegte Heinz und sah auf das Chamäleon.

„Ja, gut Preis!", wiederholte der Händler, nahm das Chamäleon von seiner Schulter, steckte es in die Schachtel und hielt sie Heinz direkt vor den Bauch. Heinz brummte und kramte in seiner Hosentasche.

„150", sagte er dann kaum hörbar, aber entschlossen, und hielt dem Blick des Händlers stand. Der nickte. Heinz zog ein paar zerknitterte Scheine heraus, die er in

der Hand auffächerte. Danach drehte er sich zu Hilde und zischte ihr ins Ohr: „Das Geld!"
Hilde brauchte einen Moment, bis sie verstand. Sie drehte sich um und zog den vom Schweiß durchnässten Schein aus ihrem BH. „Was hast du vor?", fragte sie stirnrunzelnd, als sie ihm den Schein gab. Heinz antwortete nicht. Er drückte dem Händler die Scheine in die Hand und nahm die Schachtel. Der Händler rollte die Scheine zusammen und grinste.

„Ich kann es nicht glauben, du hast ein Chamäleon gekauft!" Hilde lief neben Heinz her, der schnellen Schrittes weiterging und so tat, als wäre in der Schachtel nur eines der Billigarmbänder, die es an jeder Ecke zu kaufen gab.
„Heinz! Antworte!", schnaufte Hilde und blieb außer Atem stehen. Die stickige Luft und die vielen ungewohnten Gerüche machten ihr langsam zu schaffen. Heinz bremste seinen Schritt. „Jetzt komm schon, Puschel. Ich wollte schon immer ein Haustier haben!"
Puschel hatte er Hilde schon seit 20 Jahren nicht mehr genannt.
„Aber… doch nicht so eins!" Hildes Stimme versagte.
„Eine Katze hat ja jeder. Das hier kann wenigstens im Wohnmobil mit", sagte Heinz und hob die Schachtel.
Hilde fühlte nur noch Müdigkeit und Durst. Sie fuhr sich mit der Hand über die verschwitzte Stirn. „Heinz! Das Tier muss doch über die Grenze!" Sie legte ihre Hände auf seine Arme und fügte im Flüsterton hinzu: „Das ist Schmuggelei!"
„Ach was. Das stecken wir einfach in die Schublade mit dem Besteck. Das merkt keiner."
„Igitt Heinz! In die Besteckschublade. Auf keinen Fall!"
„Hast du eine bessere Idee?"

Hilde schüttelte den Kopf. „Du hättest dir das Tier gar nicht andrehen lassen dürfen."

„Du hast ja auch einen Schal gekauft!", sagte Heinz trotzig.

„Aber das ist doch was anderes!"

Heinz antwortete nicht mehr.

„Lass uns zurückfahren", schlug Hilde vor. Sie fühlte sich plötzlich so ausgelaugt.

Heinz hatte für das Chamäleon einen größeren Pappkarton besorgt. Die obere Öffnung hatte er mit einem Netz bespannt, das Jan ihm aus der Mülltonne gefischt hatte. Abends saß er auf dem Klappstuhl und fütterte das Chamäleon mit kleinen Insekten, die sich tagsüber am Fliegengitter verfangen hatten und die er in einer Tupperdose sammelte. Er liebte es, ein halbtotes Krabbeltier in den Karton zu werfen und dem Chamäleon dabei zuzusehen, wie es so tat, als würde es das Insekt gar nicht bemerken, um sich dann plötzlich pfeilschnell darauf zu stürzen und es mit seiner langen Zunge zu schnappen.

In der darauffolgenden Nacht hatte Hilde Albträume: Gefährlich dreinblickende Zollbeamte zerrten sie in Handschellen aus dem Wohnmobil, schlugen mit Stöcken auf sie ein, sperren sie in ein Gefängnis auf Gibraltar. Ratten überall. „Auf Schmuggel gibt es lebenslang", waren die letzten Worte, die Hilde hörte, bevor sie schreiend aufwachte und vor Schreck und Angst stundenlang nicht wieder einschlafen konnte.

Als sie Heinz am nächsten Morgen von ihrem Traum erzählte, hielt er ihr vor, dass sie ihm das Chamäleon nur nicht gönnen würde. „Du willst mir ein schlechtes Gewissen machen", stellte er fest und nahm einen

Schluck aus seinem Emaillebecher.

„Das stimmt nicht! Ich habe nur Angst, Heinz. Willst du als Schmuggler im Gefängnis landen? In Marokko?"

Heinz stand auf. „Schmarrn", sagte er nur und ging in Richtung des Pappkartons.

Hilde marschierte hinterher und blieb hartnäckig. „Antworte! Willst du das? Nur wegen dem ..." Hilde suchte nach Worten. „Dem... Vieh?" Heinz zuckte zusammen.

„Einmal, einmal, nur einmal...", sagte er und mit jedem Wort wurde seine Stimme lauter. Dann drehte er sich zu Hilde um. „Einmal gönne ICH mir mal was!" Seine Augen funkelten Hilde wütend an. Dann beugte er sich zum Karton hinunter und streichelte sein Chamäleon. Hilde stemmte die Hände in die Hüften. „Was soll das heißen? Einmal?!"

„Mein Haustier hat immer noch weniger gekostet als dein Schal. Und Schals hast du schon Tausende!", entgegnete Heinz ohne aufzusehen.

„Aha, dir geht es mal wieder nur ums Geld? Das heißt also, es ist dir auch egal, wenn ich im Gefängnis lande?" Hildes Stimme überschlug sich fast. Gertrud von nebenan warf einen unauffälligen, aber besorgten Blick herüber.

Heinz zuckte nur mit den Schultern.

Hilde schnappte nach Luft. „Das ist ja wohl die Höhe!", wetterte sie mit gedämpfter Stimme und bemühte sich, Gertrud keinen weiteren Anlass für neugierige Blicke zu geben. Den restlichen Tag redeten sie kein Wort mehr miteinander.

Am nächsten Tag fasste sich Hilde ein Herz. Sie trat aus der Tür und blieb hinter Heinz stehen, der mit dem Pappkarton auf dem Schoß vor dem Wohnmobil saß. „Heinz, das mit dem Schmuggeln...", fing sie an.

Heinz rollte mit den Augen. „Fängst du schon wieder damit an?!"

„Ich, ich… kann das nicht", flüsterte Hilde mit belegter Stimme.

Heinz starrte auf das Chamäleon, das genüsslich die Spinne mampfte, die er gerade hinein geworfen hatte.

„Heinz, entweder das Chamäleon … oder ich", sagte sie und ihr Tonfall hörte sich einigermaßen entschlossen an.

Heinz drehte sich zu Hilde um, antwortete aber nicht.

Der letzte Abend vor der Abreise war angebrochen. Drei Wochen Marokko gingen dem Ende zu. Die letzten Tage hatten sie schweigend verbracht.

Hilde ging gerade mit dem klappernden Geschirr in der roten Plastikwanne zum Wohnmobil zurück, als sie den Geruch vernahm. Es roch … irgendwie gut! Heinz grillt, dachte sie und ihr lief das Wasser im Mund zusammen. Am Wohnmobil angekommen, blieb sie wie angewurzelt stehen. Das Herz schlug ihr bis zum Hals und ihr Mund suchte nach Worten. „Heinz… ich glaube es nicht!"

Heinz saß auf seinem Klappstuhl vor dem Grill und würdigte Hilde keines Blickes. Er wendete das Fleisch auf dem Grillrost. Es sah knusprig aus und roch verlockend. Die faltige Haut hatte sich zusammengezogen, etwa wie bei einem Hähnchen.

Nur der lange Schwanz – der war ungewöhnlich.

Julia Gehrig

Grenzen aus Liebe

Januar 2020, dies wird die letzte Eintragung an diesem Ort sein. Der Ort, an dem ich seit so vielen Jahren vor mich hinvegetiere. Ich kannte die Konsequenz für mein Handeln. Und nahm sie in Kauf. Aber verdient hätten sie es. Ich habe über sie geurteilt und andere über mich. Egal. Ab morgen werde ich ein freier Mann sein. Frei! Bewegungsfrei, ja. Aber wie wird meine Freiheit da draußen aussehen? Was erwartet mich? Wo und wie werde ich wohnen? Hier habe ich seit ein paar Jahren eine Einzelzelle. Acht Quadratmeter. Bett, Schrank, Tisch, Stuhl, Waschbecken und Klo. Warum schreibe ich den ganzen Scheiß eigentlich auf? Wahrscheinlich, weil das die letzten 25 Jahre mein Leben waren. Und weil ich nie wieder einen Fuß in eine derartige Einrichtung setzen werde. Der jahrelang straff organisierte Tagesablauf wird mich mit Sicherheit noch eine ganze Weile verfolgen. Was wird ab morgen mein Lebensinhalt, meine Konstante, meine Routine sein? Keiner wird bei mir um 5:30 Uhr einen Weckruf, eine offizielle „Lebenskontrolle" durchführen. Niemand wird mir um 6 Uhr Brot und Kaffee auf einem Tablett vor meine Tür stellen. Kein Mensch wird um 7 Uhr meine Tür aufschließen und mich zur Arbeit abholen. Und ich werde alleine um 12 Uhr ein Mittagessen einnehmen und danach sicher nicht nur bis 15:10 Uhr weiterarbeiten. Auch den anschließenden Hofgang und das Abendessen um 16:15 Uhr wird keiner mit mir teilen. Das gemeinsame Duschen um 16:45 Uhr werde ich nicht vermissen. Vielleicht den Umschluss von 18 bis 21 Uhr. Diese Freizeitmaßnahme, wie sie es bezeichnen, in der man die Möglichkeit hat, sich zu einem anderen Gefangenen in dessen Haftraum einschließen zu lassen. Ein Umschließen von hier nach dort war für schnellen, harten Sex ok, aber mehr auch nicht. Nicht einmal das werde ich ab morgen mit irgendjemand teilen.

„Noch zehn Minuten!", hallt es wie jeden Abend durch die Flure. Ach ja, das Umschlussende, die Vollzähligkeitskontrolle und der Nachtverschluss zwischen 21 und 22 Uhr – das werde ich aus meinem Gedächtnis streichen. Denn ab dann ist man allein. Allein mit all den Scheißgedanken. Gedanken an Freiheit und Liebe. An Menschen, die es wert wären, an sie zu denken. Da gibt es niemanden. Nur den Scheiß-Psychofuzzi, der mir seit Jahren mit seinem Resozialisierungsquatsch auf den Geist geht. Aber dank ihm habe ich nur die Auflage, mir einmal in der Woche seinen Senf anzuhören und muss nicht sofort einen miesen Job als Frittenverkäufer anfangen, um zu zeigen, dass ich wieder ein Teil der Gesellschaft sein kann. Ab morgen wartet ein neues Leben, ein anderes, auf mich. Was auch immer, es wird besser sein als alles, was ich bisher hatte. Hoffe ich.

Er legte den Stift aus der Hand und blätterte die eng beschriebenen Seiten bis zum Anfang zurück. Die erste Eintragung hatte er vor fast genau 25 Jahren geschrieben. Er hatte nicht mit der Urteilsverkündung oder mit der ersten Nacht in seiner Zelle begonnen, sondern mit der Erinnerung an das Erlebnis, von dem er glaubte, dass, wenn es diesen Moment nicht gegeben hätte, sein Leben anders verlaufen wäre. Er begann zu lesen.

17. Juli 1996

Lebenslänglich heißt nicht mein Leben lang, sondern nur 25 Jahre meines Lebens. Und ich habe es verdient.

Genauso wie sie es verdient haben! Ja, sie haben es verdient. Allerdings habe ich von diesem unglückseligen Tag an 20 Jahre gebraucht, um tun zu können, was ich heute genau vor vier Wochen getan habe.

Alles nahm seinen Anfang im Sommer 1980.

Ich wusste schon früh, dass ich anders war als sie. Wie genau, erlebte ich und erfuhren alle anderen in diesem Sommer. Ich war gerade 13 Jahre alt.

In den Sommerferien durften die Jungs, deren Eltern es sich nicht leisten konnten, selbst in den Urlaub zu fahren, ins Kinder- und Jugendcamp auf die kleine Insel Neuwerk, nordwestlich von Cuxhaven. Für mich gab es nichts Schöneres. Das Inselwahrzeichen und den Namensgeber, den roten Backsteinturm Neuwerk, sehe ich wie damals vor mir. Ferien dort, das war besser als Ostern und Weihnachten zusammen. Die Eltern erpressten uns schon Monate davor. Wer nicht spurte, durfte nicht mit. Als ich begriff, was genau mit mir los war, war es zu spät, um Ausreden zu erfinden. Ich hatte keine Möglichkeit, es zu verheimlichen oder gar zu verleugnen. Als meine Eltern kamen, um mich abzuholen, ahnte ich noch nicht, was die Konsequenz für mich und mein zukünftiges Leben sein würde. Heute weiß ich, dass an diesem Tag eine neue Zeitrechnung für mich begann.

Meine Eltern lebten in ihrer kleinen, heilen Welt, in der alle Erwachsenen gleich waren. Als ob sie ihr Verhalten imitierten. Und jeder wusste, was man tun musste oder tunlichst unterlassen sollte. Und was auf gar keinen Fall erlaubt war. Über Jahrzehnte Anerzogenes und jede Menge Vorurteile, gepaart mit Angst. Angst davor, was die anderen dazu sagen würden. Wer auch immer die Entscheidung getroffen hatte, warum ich in genau diese Familie hineingeboren worden war, der sollte sich seine

Antwort sehr genau überlegen. Es wird die Zeit kommen, in der ich danach fragen werde.

Ich kann noch heute ihre Worte im Auto hören. Sie sind in mein Gehirn eingebrannt.

„Ich habe dir immer gesagt, du verweichlichst den Jungen", hatte Vater geschimpft, sobald wir im Auto waren. „Bücher lesen, Klavier spielen, all dieser Firlefanz. Und diese Haare! Diese elenden blonden Locken. Habe ich dir nicht gesagt, lass ihm den Kopf scheren, bevor er hierher fährt?"

Meine Mutter, mit zusammengepressten Lippen aus dem Beifahrerfenster schauend, liebte meine Locken. Oft hatte sie sich abends nach dem Beten zu mir aufs Bett gelegt und ihren Zeigefinger um meine Haare gezwirbelt. Vater hatte sich schon immer über meine strohblonde Mähne, wie er es nannte, beschwert. Dann hatten sie immer sehr laut miteinander gestritten, dann tagelang kein Wort miteinander geredet. Und dann hatte mich Mutter zum alten Kurt geschleppt. Der war schon so alt, dass ich immer Angst hatte, seine zittrigen Hände würden mir irgendwann mal ein Ohr abschneiden. Nie hatte ich begriffen, warum sie so ein Theater wegen ein paar Haaren machten. Im Spiegel sah ich aus wie immer.

„Jetzt lass es doch erst mal gut sein. Du siehst doch, dass der Junge betroffen ist", hatte Mutter gesagt.

„Betroffen!" Vaters Kopf war hochrot. „Schämen sollte er sich. In Grund und Boden sollte er sich schämen!"

Vaters Zorn übertrug sich ebenso schnell auf seinen schwarzen Mercedes-Benz 300 SEL, wie die Landschaft an mir vorbeiraste. Mein Shirt klebte am Rücken. Aber ich traute mich nicht, mich zu bewegen. Meine heiße

Stirn an die Fensterscheibe gelehnt, sah ich keine vom Himmel brennende Sonne mehr, sondern immer grauer werdende Wolken, die sich übereinander schoben. Als sich meine Mutter zu mir umgedrehte, schloss ich schnell die Augen.

In meinen Träumen höre ich sie noch flüstern: „Er ist eingeschlafen. Ich muss dir nach dieser Sache Recht geben. Wir hätten ihm mehr Grenzen setzen sollen."

„Was heißt hier Grenzen setzen? Der Junge hat die Grenze des Anstands überschritten. Jetzt bleibt nur noch eines zu tun. Ich werde einen Mann aus ihm machen."

Mit dem typischen Klackgeräusch schaltete sich das Licht ohne weitere Ansage aus. Durch das vergitterte kleine Fenster sendete der Mond einen schmalen Lichtstreifen. Er schloss das Tagebuch und stand auf. Vom Fenster aus zwei Schritte nach rechts. Er setzte sich auf die Toilette, zog seine Hose aus, faltete sie ordentlich zusammen und hängte sie auf dem Rückweg zu seinem Bett über den einzigen Stuhl im Raum. Ein letztes Mal legte er sich auf sein Bett. Ruhelos schloss er die Augen. Wenn er damals geahnt hätte, was dieser Satz für ihn bedeuten sollte, dann hätte er die Autotür geöffnet, dachte er und rollte sich auf die Seite. Er lehnte seine Stirn an die kalte, weiße Wand. Seine Gedanken kreisten wirr durcheinander. Von der Gegenwart zu seiner Kindheit und wieder zurück. Wie bei einem Suchlauf. Vor und zurück. Abrupt bremsten seine Erinnerungen, als hätte jemand die Stopp-Taste gedrückt. Der Kuss! Benno, der Nachbarjunge, der war schuld, hatte Vater gesagt. Sein Sohn nur ein Opfer. Aber so war es nicht. Benno war weg. Er hatte nie wieder etwas von ihm gehört. Irgendwann schlief er ein.

Einige Wochen nach seiner Entlassung.

Der erste Gong des rettenden Riesen, der dafür sorgte, dass er nie zu tief in den Sumpf der Vergangenheit gezogen wurde, befahl seinem liegenden Körper, sich aufzurichten. Während sich seine Beine in Richtung Boden bewegten, suchten seine Zehen bereits die Schuhe. Der Therapeut hatte seine Fingerspitzen aneinander gelegt: „Was genau Sie damals veranlasste doch wieder aufzustehen, besprechen wir beim nächsten Mal."

Als er die Praxis verließ, hatte die Sonne ihre Kraft bereits verloren. Wie ein Schutzschild setzte er sich seine verspiegelte Sonnenbrille auf und ging wie jeden Freitag nach der Sitzung in Richtung Park. Und wie jeden Freitag setzte er sich auf die Bank, die am weitesten vom Teich entfernt stand. Einsam, fast versteckt wartete sie unter dem mächtigen Weidenbaum, der seine Tränen verbergen würde. Er setzte sich, zog ein Päckchen Zigaretten aus der Jackentasche und zündete sich eine an. Es knisterte, als das Feuer das Papier und den Tabak entzündete. Er schloss die Augen und schickte den Rauch tief in seine Lunge. Wie Blitze schossen die Bilder durch seinen Kopf. Seine Bundeswehrkameraden, die Zugfahrt, ein heulendes Kind, die klatschende Ohrfeige. Er sah sich selbst auf dem Boden der Bahnhofshalle liegen, unfähig zu atmen. Abrupt öffnet er die Augen. „Natürlich weiß ich es noch, hatte ja genug Zeit darüber nachzudenken", sagte er leise zu sich selbst. Er schnippte seine aufgerauchte Zigarette zu Boden, stand auf und drückte sie mit dem Absatz platt. Seine Beine steuerten, wie jede Woche, den Weg zu dem kleinen Friedhof an. Als er sich vor dem verwitterten Stein wiederfand, bückte er sich, um ein paar verwelkte Blätter zu entfernen. Als er sich wieder aufrichtete, flüsterte er:

„Ich war doch noch ein Kind. Euer Kind." Tränen rannen ihm über die Wangen. Er versuchte erst gar nicht, sie aufzuhalten. Sie waren schwach gewesen und nicht er. Aber was brachte ihm diese Erkenntnis? Nichts! Und doch alles. Er stand einfach da und starrte auf den alten Stein. Die Inschrift mit den Namen und dem Sterbedatum war kaum mehr zu erkennen. Das war egal. In ein paar Tagen würden sie den Stein entfernen. Ihn auf den Müll schmeißen. Genauso das, was sich noch von ihnen unter der Erde befand. Es würde ausgebuddelt und entsorgt werden. Sie würden fort sein. Für immer aus seinem Leben verschwunden. Und er war immer noch hier. Ein Mann, der nie etwas anderes wollte, als geliebt zu werden, so wie er war. Es war an der Zeit, sich nicht mehr zu schämen, für das, wie er war. Für das, was er nicht war, hatte er genug gelitten.

Er spürte, wie sich seine Fingernägel tief ins Fleisch seiner Faust gebohrt hatten. Er öffnete die blutige Faust und schaute auf die welken Blätter. Entschlossen zog er das Tagebuch aus der Innentasche seiner Jacke. Als er es aufklappte, las er den Satz: Der Junge wehrte sich! Nickend riss er die Seiten aus dem Buch, das sein Leben war. Das Feuerzeug klickte.

Die Dämmerung verschluckte fast die Gestalt des Mannes, der mit festen Schritten und hocherhobenem Haupt durch das Friedhofstor in ein neues Leben schritt. Die kleine Flamme auf dem alten Grab war kaum zu erkennen. Nur einzelne Papierfetzen versuchten in die Luft zu steigen, fielen aber gleich wieder zu Boden und erloschen.

Magdalena Punkt

Kein Zurück

Walter Müller führte das Weinglas an seine Nase und genoss kurz das fruchtige Aroma, bevor er daran nippte. Wie üppig süß schmeckte doch der Moscato d'Asti.

Die Küche des Hotels war selbst nach den gastronomischen Maßstäben Italiens ausgezeichnet. Überhaupt handelte es sich insgesamt um ein sehr gutes Etablissement, nur die Wände waren, so fand Walter, zu dünn für ein 4-Sterne-Hotel. Fast jede Nacht hatten ihn die Schritte der spät zurückkehrenden Gäste aus dem Schlaf gerissen. Besonders laut waren die Kinder der Familie Spiegel, die immer über den Flur zu rennen schienen.

Inzwischen kannte Walter notgedrungen Miriam Spiegel (8) und Frank Spiegel (10) sowie deren Eltern als auch die übrigen Bewohner der Etage besser. Er nahm einen weiteren Schluck Wein und sinnierte, dass die gegenwärtige Lage sicherlich nicht leicht für die Kinder war. Vermutlich hatte sein schlechtes Gewissen die Antipathie verstärkt.

Walter saß im leeren Frühstücksraum des Hotels. Eigentlich waren die Gäste gebeten worden, in ihren Räumlichkeiten zu essen, doch Walter konnte kein Zimmer mehr mit Beate teilen. Also war er ins Erdgeschoss gegangen und hatte von einem Kellner mit Mundschutz eine Flasche Dessertwein gekauft. Die trank Walter nun langsam aus und fragte sich, wie es danach weitergehen sollte.

„Wow, Spitze!", hatte Beate Freyer vor Freude gequietscht, als sie beide ein paar Tage zuvor das gemeinsame Hotelzimmer in Mailand betraten. Walter ließ seinen Blick über das Doppelbett, die Kleiderschränke aus Mahagoni sowie den übergroßen Flachbildschirm wandern und musste der jungen Designerin zustimmen. Hier kamen sie auf ihre Kosten, genau genommen auf Walters. Die Reise wurde mit seiner privaten Kreditkarte bezahlt.

Die junge Frau, die in Müllers Firma in München tätig war, riss das Fenster auf.

„Du, man kann den Dom sehen!" Sie rannte zu Walter und umarmte ihn. „Lass uns gleich dahin. Ja?"

„Wie Ihr wünscht, Herrin." Walter küsste Beate auf den Mund. „Doch machen wir uns kurz frisch. Wir haben ja die ganze Woche."

Beate blickte plötzlich nachdenklich. „Mit deiner Frau klappt alles?"

Walter Müller zuckte innerlich zusammen. Warum musste sie die Stimmung verderben? „Keine Sorge", beruhigte er Beate, „sie denkt, ich gewinne hier in Mailand neue Kunden." Besorgt rieb sich Walter das Kinn. „Du, ich mag dich wirklich, aber ich möchte nicht…"

„Alles okay", unterbrach Beate ihn verschmitzt. „Mache mir keine Illusionen."

Sie klatschte sich auf ihren ausgestreckten Hintern.

„Ich kriege gratis Urlaub, du geilen, unverbindlichen Sex." Keck drohte sie ihm mit dem Zeigefinger. „Aber nicht vergessen: Ich erwarte Shoppen in der Viktor-Emanuel-Galerie."

In den nächsten Tagen besuchten Walter und Beate den Mailänder Dom sowie andere Sehenswürdigkeiten, dinierten in Restaurants am Naviglio Grande und erlebten aufregende Nächte. Unter normalen Umständen hätte die kurze Affäre keine Konsequenzen gehabt.

Kein Lärm weckte Walter Müller in der vorletzten Nacht seiner Abreise, sondern ein flackerndes Blaulicht. Er richtete sich im Bett auf und sah Beate, die vor dem Fenster stand. Während sie hinausschaute, genoss er den Anblick ihrer Figur.

Beate drehte sich um und sagte: „Da unten steht ein Krankenwagen."

Walter winkte sie heran. „Irgendein Notfall. Komm wieder ins Bett."

Beate schmiegte sich an ihn, war aber gedanklich abwesend. „Ich glaub, das ist hier im Haus."

Er hauchte ihr einen Kuss ans Ohr. „Betrifft uns zum Glück nicht."

Am nächsten Morgen sollte Walter Müller erfahren, wie weit er mit seiner Meinung daneben lag. Die Pforten des Hotels waren von Menschen in Schutzanzügen abgeriegelt worden. In der Eingangshalle warteten Vertreter des mailändischen Gesundheitsamtes. Wie in einem kafkaesken Roman erfuhren Walter und Beate zusammen mit weiteren Touristen, dass in der Nacht offenbar ein Gast an einem schweren akuten respiratorischen Syndrom gestorben war, allgemein bekannt als SARS. Das Gebäude stand nun unter Quarantäne, bis das Risiko einer Infektion ausgeschlossen werden konnte. Diese Ankündigung löste natürlich Protest aus. Die Beamten zeigten Verständnis, blieben jedoch unnachgiebig. Der Concierge entschuldigte sich händeringend für die Unannehmlichkeiten und versprach, dass weiterhin nach besten Möglichkeiten für das leibliche Wohl gesorgt werden würde.

Frustriert schaltete Walter sein Smartphone aus. Er und Beate waren zurück in ihrem Zimmer.

„Scheiße!", wandte er sich an seine Geliebte, die wie betäubt auf dem Bett saß. „Die Botschaft hilft nicht. Sagt, wir sollen mit diesen Faschos kooperieren. Nicht zu fassen." Walter begann wieder zu wählen.

Beate erwachte aus ihrer Benommenheit. „Wen rufste an?"

„Meine Familie", erklärte Walter, „um ihnen zu sagen, was Sache ist. Warte solange im Bad." Er zeigte mit dem Handy auf die Tür.

Beate schaute ihn entsetzt an. „Wieso?"

„Weil ich meine Frau und meine Tochter nicht beruhigen möchte, während meine Geliebte im gleichen Raum weilt", erwiderte Walter genervt.

„Mensch, sorry!" Beate zog eine Schnute, doch bevor sie das Badezimmer betrat, fragte sie plötzlich: „Du, was ist mit der Arbeit?"

„Was soll mit der sein?"

„Naja. Ich habe mir nur diese Woche freigenommen. Werde Montag zurückerwartet."

Walter knirschte mit den Zähnen. Beate hatte recht. Im Grunde genommen musste er sich auch bei seiner Firma melden, um die aktuelle Lage zu erklären. Doch wie ein Blitz kam Walter eine Erkenntnis.

„Scheiße!", fluchte er wieder. „Wir können uns nicht bei der Arbeit abmelden."

„Bitte?"

„Das heißt", überlegte Walter laut, „ich kann's schon. Du darfst die Firma nicht anrufen."

„Wieso nicht?", protestierte Beate. „Ich muss, sonst verlier ich meinen Job."

Walter versuchte sich zu beherrschen. „Weil es bekannt ist, dass ich mich gerade in Mailand aufhalte", sprach er wie mit einem Kind. „Wenn du im gleichen

Hotel, zur gleichen Zeit feststeckst, kann sich jeder die Affäre zwischen uns zusammenreimen."

Beate sah niedergeschlagen aus. „Ich muss doch irgendwie meine Abwesenheit erklären."

Walter legte beruhigend seine Arme um sie. „Sind wir Montag noch hier, meldest du dich krank, aber tust so, als wärst du in München."

„Ich muss doch dann ein Attest vorweisen", murrte Beate.

Stimmt, dachte Walter, aber ihm fielen nur Plattitüden ein. „Warten wir erstmal bis Sonntag. Bis dahin hat sich vielleicht alles in Wohlgefallen aufgelöst. Bitte geh nun ins Bad."

In den ersten zwei Tagen blieben alle Gäste auf der Etage unter sich. Walter und Beate sahen fern, surften im Internet und schliefen miteinander. Beate lud Romane auf ihrem Kindle herunter, aus denen sie ihm vorlas. Das Reinigungspersonal putzte nicht länger die Zimmer. Schmutzige Wäsche wurde zum Abholen vor die Tür gelegt.

Walter und Beate fühlten sich bald klaustrophobisch. Einmal hörten sie die Familie Spiegel von gegenüber brüllen. Die Nachrichten schafften keine Erleichterung, da sich die SARS-Infektion zu einer Epidemie in Oberitalien entwickelte.

Bald blieben die Zimmertüren tagsüber offen, und die Gäste setzten sich auf den Flur und unterhielten sich in sicherem Abstand. Man tauschte Namen aus, woher man kam und was man tat. Die Etage wurde zu einer Wohngemeinschaft. Beate genoss die Ablenkung, doch Walter wollte keinen Small Talk führen. Von Anfang der Reise an war ihm bewusst gewesen, dass über einen Mann mittleren Alters in Begleitung einer jungen Frau getuschelt werden würde. Damit konnte Walter sich abfinden, solange ein Maß an Anonymität gewährleistet war. Doch mit der zunehmenden Geselligkeit auf solch engem Raum kam es ihm vor, als ob das Wort „Ehebrecher" auf seiner Stirn stünde.

Die Quarantäne ging in die nächste Woche. Im Hotel gab es keinen weiteren Krankheitsfall, doch inzwischen befand sich ganz Mailand im Ausnahmezustand. Alle Geschäfte, Lokale und Sehenswürdigkeiten hatten geschlossen. Nirgendwo konnte man sich die Zeit vertreiben.

Als die Benutzung des Fitnessraums gestattet wurde, machte Walter gerne davon Gebrauch. Er musste aus dem Zimmer raus. Fort von den Fragen über sein Leben in München. Fort von Beate, die ihn nur noch anödete. Der Sex hatte längst seinen Reiz verloren, und darüber hinaus hatten sie nichts gemeinsam. So versuchte Walter seinen Frust an den Fitnessgeräten abzubauen. Die Tage krochen dahin.

An einem späten Abend nach dem Training sah Walter, wie Beate auf ihrem Handy tippte und zu Frau Spiegel sagte: „Okay, hab ich. Danke nochmal."

Dann gingen die beiden Frauen wieder in ihre Zimmer. Skeptisch schloss Walter die Tür hinter sich.

„Was war das gerade?"

Beate zuckte lächelnd mit den Schultern. „Ach, wir haben Nummern ausgetauscht. Stell dir vor, die Spiegels kommen auch aus München."

Die Nachricht traf ihn wie ein Schlag in die Magengrube. „Ihr wollt doch nicht in Kontakt bleiben?"

„Warum nicht?" Beates Lächeln verschwand. „So kommt wenigstens etwas Gutes aus diesem Mist heraus."

„Ja, trefft euch ruhig daheim", giftete Walter. Die Angst vor der Krankheit, die Angst davor erwischt zu werden, alles brach auf einmal heraus. „Lade mich doch dazu ein. Meine Frau gleich mit!"

„Mensch, was ist denn los?"

Müller klatschte sich mit der Hand auf die Stirn. „Menschenskind, wir leben im globalen Dorf. Postet deine neue allerbeste Freundin, dass du und ich hier zusammen waren, weiß es bald ganz München."

Wütend verschränkte Beate ihre Arme.

„Du kannst mir nichts vorschreiben!"

„Ach nee?", erwiderte Müller. „Wer blecht denn für alles?"

„Ja, vielen Dank auch!", schrie Beate. „Deinetwegen krepiere ich noch."

„Gib mir nicht die Schuld, du Schlampe. Du verführst mit deinem Arsch reiche Knacker, zu mehr taugst du eh nicht!"

Daraufhin stürmte Beate ins Badezimmer und knallte die Tür zu.

Resigniert legte sich Walter aufs Bett. Dieser Krach hatte sich schon lange abgezeichnet. Gleich morgen früh würde er um ein neues Zimmer bitten.

Als Walter am nächsten Morgen aufwachte, lag Beate wieder neben ihm. Sie war wach, doch kalt und abweisend. Walter verlor kein Wort, griff stattdessen nach seinem Smartphone. Bevor er bei der Direktion anrief, wollte er sich schnell über die aktuelle Situation der Epidemie informieren.

Das durfte nicht wahr sein! Jetzt waren sogar die Landesgrenzen dicht. München lag normalerweise nur eine Tagesreise von Mailand entfernt, doch nun hätte

seine Heimatstadt genauso gut auf dem Mond sein können. Walter zerbrach sich den Kopf, wie es weitergehen
sollte, als ihm auffiel, dass in seinem E-Mail-Account
bereits ein Dutzend Nachrichten eingegangen waren.
Alle stammten von seiner Frau.

Was konnte denn so Dringendes vorgefallen sein?
Moment mal. Wieso zeigte sein Smartphone an, dass
um 2 Uhr morgens eine Nachricht gesendet worden
war? An die Mail-Adresse seiner Frau. Nervös klickte
Walter auf „open". Um Gottes willen! Das Foto zeigte
seinen Kopf, die Augen geschlossen. Daneben Beate,
die einen Kussmund machte.

„Dachte, deine Ehefrau hätte gerne ein Urlaubsfoto",
lachte sie schnippisch. „Ich finde, das ist eines meiner
besten."

An viele Details konnte Walter sich nachher nicht
mehr erinnern. Er wusste nur, dass Beate zu schreien
aufgehört hatte, als er ihr die Hände um die Kehle legte.

Walter spielte gedankenverloren mit der fast leeren
Weinflasche. Was konnte er jetzt tun? Zu viele Menschen hatten Beate und ihn zusammen gesehen. Nach
ihrem Verschwinden würde es Fragen geben, die zu ihm
zurückführten. In der Tat, als Walter sein Zimmer vorhin verlassen hatte, hielten sich bereits Gäste auf dem
Flur auf. Er hatte ihre Blicke gespürt. Hatten sie etwas
gehört und das Personal verständigt?

Da sah Walter, wie der Concierge den Frühstücksraum mit zwei uniformierten Polizisten betrat und auf
ihn zeigte. Er schenkte sich ein letztes Glas ein. Schon
ein erstklassiges Hotel, aber die Wände waren wirklich
zu dünn.

Stephan Priddy

Im blauen Frotteemantel

Nur widerwillig übergab sie ihm das Paket und wich sofort zwei Schritte zurück in den warmen Flur ihrer Wohnung. Ohne weiteres hatte Lisbeth über Monate hinweg ihre Träume, die hellen und auch die dunkleren, gesammelt und sie in zarte, hellgelbe Watte gepackt. Danach legte sie sie sehr vorsichtig in eine Standardbox aus dickem Karton. Sie hoffte, dass ihre Träume auf diese Weise von keiner groben Hand gedrückt oder auch nur befühlt werden konnten. Ihre schönsten Träume, die die auch lange nach dem Aufwachen noch schillerten, packte sie in nachtblaues, knisterndes Seidenpapier. Danach besprühte sie die kleinen Päckchen über und über mit goldener Farbe, so dass ein glitzernder Fünkchenregen ihre Träume schmückte.

Nun stand an diesem kalten, nebligen Morgen Timor11 vor ihrer Türe und bestand auf die Herausgabe ihrer Träume. Er war der Bote, der die Traumpäckchen abholte, und ohne die Päckchen zu öffnen, an traumlose Menschen dieser Stadt lieferte. Nicht zum ersten Mal stand er vor Lisbeths Türe. Sie hatte sich nur schnell in ihren blauen Frotteemantel gewickelt, weil er sie frühmorgens aus dem Bett geklingelt hatte.

„Wesen Lisbeth, du wurdest vom Amt für Träume und andere Seelenzustände informiert, dass wir heute deine verpackten Träume der letzten drei Wochen abholen. Also zögere nicht. Ich habe es eilig und muss schnell weiter. Los, los jetzt!"

Lisbeth erstarrte unter seinem freudlosen Blick und wog ihre federleichten Träume ein letztes Mal in ihren eiskalt gewordenen Händen. Es war ihr klar gewesen, dass nur ihre Gedanken, ihre Tagesgedanken, frei blieben und ihr ganz allein gehörten. Ihre Träume aber waren nun seit fast einem Jahr für alle da, waren Gemeingut. Das Amt verteilte die Träume an Traumlose, an Wesen, die aus den unterschiedlichsten Gründen nicht mehr träumen konnten. Die medizinische Fachwelt suchte nach einem Virus, der die Träume abtötete, sobald sich die schlafenden Wesen entspannten. Politiker vermuteten einen Angriff aus dem Cyberraum, der die Schläfer attackierte und die REM-Phase heftig störte.

Die Stadtbürger wurden immer zorniger und streiften müde durch die Straßen. Erst gestern lief Lisbeth unvermittelt in eine erbost skandierende Versammlung hinein, die ihr Recht auf Träume einforderte. Überall an Kreuzungen und auf Plätzen standen Gruppen zusammen, die Verschwörungstheorien diskutierten. Von Außerirdischen war die Rede und von korrupten Politikern, die mit ihnen im Bunde wären, um alle Träume zu kontrollieren und letztendlich zu vernichten. Heute waren die Wesen nur anstrengend und laut, aber was würde morgen sein? Gab es noch ausreichend Träume für alle? Selbst Alpträume wurden inzwischen hoch gehandelt, nur um endlich wieder in einen anderen Geisteszustand treten zu können. Um in ein Land zu reisen, das diese makabre Realität ausschalten würde. Nicht nur Lisbeth befürchtete, dass die Traumlosigkeit zu Unruhen führen würde. Sogar von Bürgerkrieg wurde hie und da gemunkelt, falls nicht bald ausreichend Träume zur Umverteilung an die Allgemeinheit zur Verfügung stünden.

Unweigerlich – ihre zarten und auch heftigen Nachterlebnisse, ihre stillen Traumlandschaften und aufregenden Seelenreisen würden an Nichtträumer verschenkt werden. Ihre Traumwanderungen, die ihren Atem beschleunigt hatten, die sie Furcht spüren ließen oder ein wohliges Kribbeln durch ihren schlafenden Körper schickten, würden nie mehr die ihren sein. Sie fürchtete sich davor zu schlafen. An jedem Abend, an dem sie sich vornahm, die Nacht über wach zu bleiben, zog ihr Angst jede Energie aus ihrem Körper, und sie schlief dennoch irgendwann ein.

Timor11 holte sie aus ihrem Gedankenstrom. „Nun mach schon", drängte er, „ich habe doch nicht bis morgen Zeit." Er riss ihr das Paket grob aus den Händen. Grußlos, mit einem gezwungenen Lächeln, schloss Lisbeth die Türe hinter ihm und lehnte ihre heiße Stirn für einen Moment an die hölzerne Wand. Sie sah es vor sich, wie ihr Traumpaket abgeliefert werden würde. Möglicherweise bei Andi, dem Wesen aus dem dritten Stock des Nachbarhauses.

Gestern Nachmittag saß Andi mit verkniffenem Gesicht und nervösen Händen bei Lisbeth in der Küche und jammerte in den hellgrün duftenden Tee. „Meine Träume sind so undeutlich und flüchtig, weißt du? Ich kann sie einfach nicht festhalten und am Morgen erinnere ich mich an keinen Einzigen. Ich fühle mich schrecklich unausgeschlafen und beim Aufstehen schon traurig. Ach, ich weiß auch nicht. Das ist doch gemein und ungerecht. Ich sollte doch auch träumen können, oder?"

Lisbeth hatte keine Antwort für Andi. Sie fühlte eine fürchterliche Leere in ihrem Kopf, und wenn sie es genau bedachte, auch in ihrem Herzen. So zuckte sie mit den Schultern und starrte durch das Küchenfenster in den ermüdend grauen Himmel.

Heute hängte Lisbeth ihren dunkelblauen Frotteemantel wieder an die Zimmertüre, zog sich ihre flauschig weichen Socken an und machte sich bereit, in einen leichten und ruhigen Schlaf zu sinken. Zugegebenermaßen könnte das Bett bequemer sein. Sie wollte ihr eigenes Bettzeug mit in die gläserne Zelle des Schlaflabors nehmen, aber das wurde ihr aus hygienischen Gründen vom Laborleiter, Herrn Dr. Schweikert, verboten. Er hatte die Augenbrauen erstaunt weit nach oben gezogen nach ihrer anscheinend dummen Frage. Als hätte sie ihn gefragt, ob er bei ihr in der Glaszelle nächtigen wolle und ihr ein Glas Rotwein bringen könne.

Jetzt hatte sie schon die halbe Nacht schlafend hinter sich gebracht, als sie der Traum von den Träumen, die abgegeben werden mussten, aufschreckte. Es dauerte viele Minuten, bis sie wusste, wo sie sich befand. Eine Frau in einem weißen Kittel löste Kontakte von bunt leuchtenden Apparaten, sie sagte kein Wort. Lisbeth stand auf und zog sich ihren blauen Frotteemantel über. Es war frostig kalt, auch auf dem Flur. Ihren Bademantel ließ sie, als sie von der Toilette zurückkam, einfach an. Bevor sie sich jetzt von der Nachtschwester erneut verkabeln und an die Monitore anschließen ließ – es waren bestimmt um die zwanzig Kabel in unterschiedlichen Farben –, warf Lisbeth einen raschen Blick auf die digitale Wanduhr. „Schon 2:47 Uhr, zum Glück, aber jetzt kommt auch die schwierigste Phase." Widerstandslos sank sie wieder in Schlaf, bis Timor11 zwei Stunden später erneut an ihrer Haustüre klingelte, weil sie vergessen hatte, die Abholung ihrer Träume mit ihrer Unterschrift zu bestätigen.

Brigitte Mattes

Grenzüberschreitung

Korbinian Koller war unterwegs zu einem internationalen zahnmedizinischen Kongress, als das Unfassbare geschah. Der Flug war ruhig, keine Turbulenzen. Das letzte, an das sich Korbinian erinnern konnte, war, dass er sich sein schwarzes Moleskin auf den Schoß gelegt hatte, um ein paar Notizen zu machen. Dann musste er eingenickt sein.

Er erwachte, weil seine linke Hand schrieb. Das war allein schon deshalb unfassbar, weil Korbinian ausschließlicher Rechtshänder war. Er konnte mit links nicht einmal seinen Namen schreiben. Und jetzt schrieb seine linke Hand mit dem Füllfederhalter in das aufgeschlagene Notizbuch. Die Hand legte den Stift ab, Korbinian riss die Augen auf.
Da stand das N-Wort. Gefolgt von Fotze.
Schwarz auf weiß. In seinem Moleskin, unter dem Datumseintrag des heutigen Tages. In krakeliger Schreibschrift. Korbinian musste einen Aufschrei unterdrücken, Schweißtropfen bildeten sich auf seiner Stirn. Hatte er das geschrieben? Das konnte nicht sein!

Er nannte Schwarze People of Color. Er genderte alle seine Fachartikel für das Zahnmedizinische Jahrbuch. Er hatte noch nie das Wort Fotze in den Mund genommen. Korbinians Gedanken überschlugen sich. Was war da passiert? Warum hatte seine Linke das geschrieben? Karpal-Tunnel-Syndrom? Schlaganfall? Tourette? Unsinn, dachte er. Hatte ihm die Stewardess etwas in den Tomatensaft gemischt? Er massierte seine Schläfen. Überlastung?

Korbinian riss das beschriebene Blatt aus seinem Moleskin. Er zitterte so, dass es ihm aus der Hand fiel und auf den Boden segelte. Die Dame neben ihm bückte sich, bevor es Korbinian tun konnte. Lächelnd ergriff sie das Blatt. Als sie sich aufrichtete, gefror ihr Lächeln. Korbinian sah sie entsetzt an. „I'm sorry", sagte er. Die Dame antwortete nicht, schnallte sich ab und ging zu der Stewardess. Nachdem sie ein paar Minuten mit ihr gesprochen hatte, bat die Flutbegleiterin eine Passagierin zwei Reihen vor ihm, mit der Dunkelhäutigen den Platz zu tauschen.

„Guten Tag", sagte Korbinians neue Sitznachbarin. Sie trug ein petrolfarbenes Wollkleid und das gleiche Parfum wie seine Frau, wenn sie in die Oper oder ins Theater gingen. Chanel Nr. 5, er brachte es ihr immer vom Duty-Free-Shop mit.
„Guten Tag", sagte Korbinian und legte seine rechte Hand fest über die linke. Er mochte eigentlich keinen Smalltalk. Trotzdem fragte er: „Ist es Ihr erstes Mal in Athen?"
Die Dame lachte. „Nein, ich war bestimmt schon zehnmal dort. Ich interessiere mich sehr für griechische Mythologie."
„Ich bin ebenfalls ein Bewunderer der griechischen Kultur", sagte Korbinian. „Was haben wir diesem Land alles zu verdanken – die Werke von Sokrates, Platon, Homer…"
„Die Demokratie", fügte die Dame hinzu und nickte. „Mein Name ist übrigens Desiree. Desiree Draguer."
Korbinian stellte sich ebenfalls vor und versuchte, seine Anspannung zu verbergen.
Sie unterhielten sich über die Kykladen, die ionischen Inseln und Lesbos, als der Lautsprecher knackte. Der

Flugkapitän sprach: „Wir überqueren jetzt Österreich, linkerhand sehen Sie die noch schneebedeckten Gipfel der Alpen."

Korbinian und Desiree schauten aus dem Fenster. Desiree sagte: „Ist es nicht seltsam, dass man beim Fliegen gar nicht mehr bemerkt, wenn man eine Grenze überschreitet?" Korbinian nickte und dachte noch über diesen Satz nach, als Desiree fragte: „Wie nennt man einen intelligenten Menschen in Österreich?" Korbinian blickte sie irritiert an. Zuckte ihr linker Mundwinkel? „Tourist", beantwortete sie schnell ihre eigene Frage. Sie errötete und es entstand eine peinliche Pause.

Korbinian wusste nicht, was er sagen sollte. Ob er überhaupt etwas sagen sollte. Er verabscheute diese Form von in Witzen verpacktem Alltagsrassismus. Er zog sein Einstecktuch aus dem Jackett und tupfte sich die Stirn ab. Was war heute los? Normalerweise war es ihm im Flugzeug immer eher zu kühl.

„Die Klimaanlage ist schlecht eingestellt", sagte er schließlich.

„Ja", sagte Desiree. „Wahrscheinlich atmen wir in dieser Sekunde gerade Trilliarden von ausländischen Viren ein." Sofort hielt sie sich die Hand vor den Mund. „Ich meine ja nur", nuschelte sie und hielt ihm ein Fläschchen Handdesinfektionsmittel hin. „Stichwort Globalisierung…"

„So schlimm ist es nicht", sagte Korbinian beruhigend. Sicherheitshalber griff er aber zu. „Aus medizinischer Sicht ist der Übertragungsweg von Viren…" Dann erstarrte er. Seine linke, eben desinfizierte Hand schrieb! Er brauchte ein paar Sekunden, bis er das Geschriebene entziffern konnte.

Reihe 4: Affenkopf-Chinese rotzt und hustet

Sofort befahl er seiner rechten Hand, den Füllfeder-halter zu konfiszieren. Doch vorher setzte die linke noch schnell ein Ausrufezeichen! Ihm wurde heiß und kalt zugleich. War er infiziert? War er krank? Wer hatte ihm den Affenkopf in seinen Kopf gepflanzt? Er wusste, dass die Chinesen im Norden des Landes gebratene Vogelnester aßen. Aber er wusste auch, dass in keinem Teil des Landes Affen bei lebendigem Leib das Hirn aus dem Kopf gelöffelt wurde. Dass das ein Mythos war, ein Vorurteil, basierend auf westlichen Stereotypen. Was war nur los mit ihm? Korbinians Atem ging schnell, er war kurz davor zu hyperventilieren.

Desiree linste auf das Moleskin. „Sind Sie Schrift-steller?", fragte sie.

„Nein." Schnell bedeckte er mit seiner rechten Hand das beschriebene Blatt und versuchte ruhig zu atmen. „Aber ich publiziere regelmäßig Beiträge im Zahnmedizini-schen Jahrbuch."

„Spannend", sagte Desiree und gähnte hinter vorgehal-tener Hand.

Korbinian fühlte sich, als würde sein Kopf gleich plat-zen, als seine linke Hand schrieb:

Ich fick dir im Bord-Klo gleich dein Hirn raus.

Ihm wurde speiübel, als er das las. Er sah zu Desiree. Sie blätterte zum Glück gerade in ihrem Griechenland-führer. „Ich plane auch immer ein bisschen Spontaneität ein bei meinen Kulturreisen", sagte sie und strich sich eine Locke aus dem Gesicht.

„Darf ich?" Der Flugbegleiter, der den Abräumwa-gen schob, deutete auf den leeren Tomatensaftbecher.

Korbinian nickte nur. „Könnte ich ein Glas Wasser haben?", fragte er. Der Steward schüttelte den Kopf. „Ich bedaure, der Herr", sagte er mit sanfter, melodischer Stimme. „Wir leiten gleich den Sinkflug ein."

Als der Steward die Becher und Servietten eingesammelt hatte, flüsterte ihm Desiree zu: „Schwuchtel in Uniform, hält sich für zu gut für diesen Job."

„Wie bitte?", fragte Korbinian. Kamen diese Worte wirklich aus dem Mund dieser schönen, delikaten Frau mit dem französischen Akzent? Wie konnte sie so etwas sagen? Obwohl, dachte er. Hatte er nicht neulich einen Artikel über homophobe Tendenzen in Frankreich gelesen? Er sinnierte noch, was er darauf antworten könnte, als die Maschine leicht vibrierte. Korbinian schaute auf.

Eine beleibte Frau versuchte in dem engen Gang an dem Abräum-Steward vorbeizukommen. Desiree zischte ihm aus dem Mundwinkel zu: „Adiletten im Anmarsch."

Korbinian sah sie verständnislos an.

„Aische", sagte Desiree und deutete mit ihrem Kinn zum Mittelgang. Ein Kind begann zu schreien.

Korbinian sah die Frau Richtung Cockpit gehen. Sein Füllfederhalter flog übers Papier.

Fett von 10 Geburten

schrieb seine linke Hand

oder Sprengstoffgürtel unterm Hidschab?

Nein! Nein, nicht auch noch das, betete Korbinian, nicht auch noch islamfeindliche Ressentiments. Er liebte den Orient, er liebte die türkische Küche, er liebte die arabische Kultur.

Desiree legte den Kopf schief, um die Worte in Korbinians Moleskin zu entziffern. Plötzlich schrie sie auf:

„Sprengstoffgürtel?" Der Pilot flog eine Linkskurve, als Panik unter den Passagieren ausbrach. Bis zur Landung hatten die Flugbegleiter alle Hände damit zu tun, die Reisenden wieder zu beruhigen.

Eine Stunde später, am Rollband bei der Gepäckausgabe, trat Korbinian von einem Fuß auf den anderen. Immer wieder blickte er zu Desiree, bis er endlich beschloss, zu ihr zu gehen. Er konnte und wollte das nicht so stehen lassen. Als er neben ihr stand, räusperte er sich. Mit belegter Stimme sagte er: „Diskriminierende Äußerungen jeglicher Couleur sind für mich ein absolutes No-Go."
Desiree nickte zustimmend, während sie Ausschau hielt nach ihrem Gepäck. „Für mich auch. Schon von Berufs wegen lege ich größten Wert auf sensiblen Sprachgebrauch."
„Sind Sie Journalistin?", fragte Korbinian.
„Nein", sagte Desiree. „Ich arbeite für eine Kinderrechtsorganisation." Plötzlich weiteten sich ihre Augen. „Nimm deine Wichsgriffel weg von meinem Koffer!", raunzte sie einen Jungen an, der sich über das Gepäckband beugte.

Korbinian stand sprachlos da, mit hochgezogenen Schultern. Dann machte seine linke Hand etwas Seltsames. Sie ergriff Desirees rechte.
„Entschuldigung", sagte er. Er wollte Desiree anschauen, wollte sie wirklich anschauen, aber seine Augen scannten die Richtungspfeile. Und so sehr er es auch versuchte, seine Beine gehorchten ihm nicht. Sie eilten, Desiree hinter sich herziehend, in Richtung Flughafen-Toilette.

Elvira Kolb-Precht

Mumbaigold – ein Krimi

In einer Nacht- und Nebelaktion hatte man inmitten des Slums ein kleines Testlabor errichten lassen. Lutz wusste aus früheren Studien, dass es wichtig war, die Presse rauszuhalten. Gerade jetzt, wo die ganze Welt auf das Wundermedikament wartete.

Kriminalkommissarin Jutta Grebhorn wanderte vor der großen gläsernen Terrassentür hin und her, die den Blick auf den Garten frei gab. Ein großzügiges Grundstück mit Gasgrill und einer überdimensionalen Gartenlounge – wie es einem Arztehepaar wohl entsprach.

Jutta drehte sich zu der weinenden Witwe um, die auf dem Sofa kauerte. „Wann hat sich Ihr Mann zum letzten Mal bei Ihnen gemeldet?", fragte sie.
„Vorgestern Abend hat er nur eine kurze Nachricht geschickt. Dass es sehr stressig ist und er noch zu tun hat."
„Was hatte er denn dort zu tun – in Indien?" Die Kommissarin setzte sich neben die weinende Frau und reichte ihr ein Taschentuch.
„Ich kann es Ihnen nicht sagen!", schluchzte Frau Olsen. „Es war alles streng geheim. Er hat an diesem Projekt mitgearbeitet."
Jutta hob die Augenbrauen. „Welches Projekt?"
„Naja, Medikamententestungen. Mehr weiß ich auch nicht. Er durfte mir nicht viel darüber erzählen."

„Dr. Olsen, die nächsten zehn Probanden sind da", rief sein Doktorand durch die improvisierte Tür aus Pressspan.
Von außen sollte das Labor nicht als solches erkennbar sein. Zu groß die Gefahr von Eindringlingen, die es auf

die Dinge abgesehen haben könnten, die hier herumlagen. In diesen Slums machten die Leute ja alles zu Geld. Lutz Olsen öffnete die Tür. Männer und Frauen in zerschlissener Kleidung und unterschiedlichen Alters traten ein und nahmen auf der wackligen Plastikbank Platz. Lutz füllte das erste Formular aus, ließ den ersten Probanden eine Unterschrift auf das Papier setzen und verabreichte ihm die Kapsel und einen Schluck Wasser. Dann legte er das Formular auf den Ablagekorb und zog das nächste Papier vom Stapel. Noch eine Woche, dann würden sie den Testlauf abgeschlossen haben. Falls keine Beschwerden mehr auftraten, konnte das Medikament in die nächste Phase.

„Ihr Sohn?" Jutta Grebhorn nahm den Bilderrahmen in die Hand, auf dem das Ehepaar mit einem älteren Jungen im Skiurlaub zu sehen war. Alle drei lachten auf dem Foto. Als Jutta genauer hinsah, erkannte sie ihn! Sie wurde rot und stellte das Bild wieder auf die Kommode. Vor einem Jahr hatte sie ein kurzes Techtelmechtel mit ihm gehabt, aus dem leider nicht mehr geworden war.

Frau Olsen nickte.
„Ihr Sohn wohnt nicht mehr zu Hause?"
Die Witwe nickte wieder. „Jan ist vor einem Jahr ausgezogen. Er studiert in Göttingen. Aber dann plötzlich diese... diese seltene Krankheit. Er liegt im Krankenhaus. Seit drei Monaten."
„Ihr Sohn ist krank? Weiß er schon, dass Ihr Mann ... tot ist?"

Die Witwe schnäuzte ins Taschentuch und schüttelte den Kopf. „Wie soll er gesund werden, wenn sein Vater..." Dann verstummte sie und ließ die Hände in den

Schoß sinken. „Siegfried weiß es auch noch nicht, dass Lutz tot ist. Er ist vor drei Tagen zum Wandern gefahren. Ich kann ihn nicht erreichen", sagte sie und begann wieder zu weinen.

„Siegfried ist wer?"

„Mein Schwiegervater – Lutz' Vater. Er wohnt bei uns in der Einliegerwohnung, seit seine Frau verstorben ist. Siegfried hat uns in allem immer sehr unterstützt. Mit dem Haus, mit Jan, als er noch klein war…"

„Sie haben also ein gutes Verhältnis – Ihr Schwiegervater und Sie?"

„Ja natürlich. Ich muss ihn unbedingt erreichen. Er muss das mit Lutz doch wissen. Wahrscheinlich hat er in den Bergen kein Netz!" Die Witwe stand auf und ging zum Fenster. Minutenlang starrte sie wortlos in den Garten.

„Frau Olsen, ich gehe jetzt!", sagte Jutta. Sie wusste, wohin ihr nächster Weg führen würde.

Der nächste Proband dürfte etwa das Alter seines Sohnes haben. Die meisten Menschen hier wussten gar nicht, wie alt sie sind. Lutz schätzte und trug unter „Alter" die Zahl 20 ein. Der Unterschied zu seinem Sohn war, dass dieser junge Mann kaum noch gesunde Zähne im Mund hatte. Die Armut hatte nicht nur seine Gesundheit angegriffen, auch seine Lebensfreude. Den Menschen hier konnte er kein Lächeln entlocken. Und erst recht nicht, wenn er sie nach der Testung fotografierte. Nur wenn er ihnen nachher das Geld in die Hand drückte, erntete er hin und wieder so etwas wie einen freundlichen Blick. Eine kurze Augenbewegung. Das harte Leben im Slum hatte die Leute hier kaputt gemacht.

Jutta Grebhorn stand an der Glastür zur Intensivstation und blickte auf den reglosen Körper, der an den Schläuchen und Geräten angeschlossen war. Eine seltene Krankheit, hatte Frau Olsen ihr erklärt. Die Kommissarin zückte ihren Dienstausweis, als sie am Schwesternzimmer klopfte und den diensthabenden Chefarzt verlangte.

„Grebhorn, Kripo Köln", sagte sie und hielt dem Arzt den Dienstausweis unter die Nase. Der warf einen kurzen Blick darauf und bat sie ins Sprechzimmer.

„Ich ermittle im Fall Olsen. Sie haben heute vielleicht in der Zeitung gelesen, dass der Vater des jungen Mannes auf Ihrer Station erschlagen aufgefunden wurde? In Indien…"

Der Chefarzt ließ sich auf den Schreibtischstuhl sinken, faltete die Hände und stützte den Kopf darauf. „Ja, ich habe es gelesen. Das ist tragisch! Dr. Olsen war ein hervorragender Arzt und Kollege. Eine Koryphäe auf seinem Gebiet. Intensiv in die Forschung involviert. Unvorstellbar, dass er gerade jetzt in der wichtigen Testphase ermordet wurde."

„Die Frage ist nur, von wem?"

„Ich kann es mir nicht erklären. Alle warten auf Olsens Ergebnisse. Was passiert ist, ist eine Katastrophe für die ganze Welt!" Der Chefarzt seufzte.

Die Kommissarin zückte ihr Notizbuch. „Das sagte mir seine Frau auch schon. Warum ist diese Studie denn so wichtig?"

„Ich kann es Ihnen nicht genau sagen. Dr. Olsen war häufiger an speziellen Forschungsprojekten beteiligt. Meist ging es um die Testung neuer Medikamente. Es gibt eben Fälle…" Der Chefarzt nickte in Richtung der Glasscheibe, hinter der Jan lag.

„Wie? Sie meinen, Jan ist auch so ein Fall? Ein hoffnungsloser Fall?" Jutta Grebhorn machte eine Notiz.

Der Chefarzt erhob sich langsam vom Stuhl. „Es gibt Krankheiten, die wenig erforscht sind. Und diese hier greift vor allem junge Menschen an. Scheinbar aus dem Nichts. Wenn Jan das richtige Medikament bekommen würde, könnten wir ihn wohl retten. Aber auch das hängt momentan noch in der Testphase."

„Das ist ja kurios!" Jutta Grebhorn klappte ihr Notizbuch zu. „Sie sagen also, dass Dr. Olsens Sohn selbst einer dieser Patienten ist, die auf ein Medikament warten?" „Genauso ist es. Und jetzt entschuldigen Sie mich, Frau… Wie war nochmal Ihr Name?" Der Arzt streckte Jutta Grebhorn die Hand entgegen. Die zog ihre Visitenkarte aus der Jackentasche und legte sie auf den Schreibtisch, bevor sie in Richtung Tür ging. „Wenn Ihnen noch etwas einfällt…"

„Dann melde ich mich! Auf Wiedersehen!"

Ein langer Tag ging zu Ende. Dr. Olsen verschloss das Medikament in dem rostigen Blechschrank und steckte den Schlüssel in die Hosentasche. Natürlich übernachtete er ebenso wie die anderen Ärzte und Doktoranden seines Teams nicht hier im Slum, sondern im nahegelegenen Hotel „Mumbaigold". Schlecht kam er sich dabei vor, die Probanden hier ihrem Schicksal zu überlassen. Dem Hunger, der Gewalt, der Ausbeutung. Und selbst im Luxushotel zu übernachten.

„Mit Sinnfragen kommen wir hier nicht weiter", hatte sein Kollege gestern gesagt, als sie an der Hotelbar darüber diskutierten, wie das, was sie hier taten, ethisch gesehen einzuordnen war. „Die Menschen gewinnen durch das Medikament! Sie würden an der Krankheit doch ohnehin sterben.“

„Sie sind krank, ja. Aber wir testen auf ihre Kosten, Karl! Damit es unsere Patienten erst dann bekommen, wenn die Nebenwirkungen auszuhalten sind!“

„Das ist doch üblich, Lutz, ich weiß nicht, was du hast!“

„Wir haben noch nie an Armen getestet. Diese Leute sind nicht Freiwillige im üblichen Sinn. Die machen das nur wegen des Geldes.“

„Es eilt diesmal, Lutz. Das Medikament muss auf den Markt. Das steht doch jetzt im Vordergrund.“

Lutz dachte an die Diskussion an der Hotelbar.

Das Klingeln ihres Handys riss Jutta Grebhorn aus dem Schlaf. Sie schreckte auf und brauchte ein paar Sekunden, um zu realisieren, dass sie an ihrem Küchentisch eingeschlafen war. Die Grübelei über den Fall hatte ihr keine Ruhe gelassen. Juttas Stimme klang noch schlaftrunken, als sie den Anruf annahm.

„Frau Kommissarin. Es gibt neue Ermittlungsergebnisse. Wir haben soeben die Meldung der indischen Kollegen bekommen, dass eine Jacke gefunden wurde. Ganz in der Nähe des Fundortes. Sie lag auf einem Müllhaufen.“

„Eine Jacke? Was soll daran besonders sein?“ Jutta stand auf und wankte zur Kaffeemaschine.

„Eine dreckige Jacke im indischen Slum ist vielleicht nichts Besonderes, Frau Grebhorn. Aber eine dreckige Lodenjacke mit deutschem Etikett am Saum und voller Blutspuren vielleicht schon.“

„Sie meinen, die Jacke könnte dem ermordeten Arzt gehört haben?“ Jutta nahm eine Tasse aus dem Schrank.

„Wir meinen, die Jacke könnte seinem Mörder gehört haben!“

„Wie kommen Sie darauf?“

„Na, weil in der Jackentasche eine Notiz gefunden wurde. Die Inder haben uns ein Foto davon geschickt. Auf dem Zettel steht – Tangrozin!"

„Tangrozin?", wiederholte Jutta und drückte auf die Kaffeemaschine. „Was soll das sein?"

Der Kollege am anderen Ende der Leitung schien ungeduldig. „Nach was hört es sich denn an, Frau Kollegin? Das ist der Name eines Medikaments. Wir haben das überprüft. Glauben Sie nicht, ein Arzt weiß, wie das Medikament heißt, das er testet? Warum sollte er es sich aufschreiben?"

„Da könnten Sie recht haben!", sagte Jutta und war auf einmal hellwach.

„Ich schicke Ihnen ein Foto von dem Zettel und der Jacke", sagte der Kollege am anderen Ende der Leitung.

Lutz legte die Formulare für den nächsten Tag ordentlich auf einen Stapel. Morgen würden die Kinder getestet. Vom Kleinkind bis zum Teenager. Mit den Kindern war es nicht einfach. Sie weigerten sich oft, die Kapseln zu schlucken oder spuckten sie wieder aus. Das Tangrozin gab es momentan nur in Kapseln. Lutz Olsen zögerte einen Moment. Ihm kam der Gedanke, dass Spielzeug helfen könnte. Die Kinder wären vielleicht abgelenkt. Einen kurzen Moment zögerte er, dann verließ er den Container und drückte die Tür aus Pressspan hinter sich zu.

Jutta Grebhorn kippte den heißen Espresso in einem Zug hinunter und verbrannte sich dabei die Zunge. „Scheiße!", fluchte sie, schlüpfte in Jeans und Shirt, schnappte sich die Jacke und sprang in den Wagen. Zum Glück hatte der Chefarzt gerade Dienst, als sie die Intensivstation betrat.

„Sie schon wieder!", sagte er.

Jutta war außer Atem. Sie hatte die Treppen genommen. „Ich habe noch ein paar Fragen. Tangrozin! Kennen Sie das?"

„Natürlich kenne ich das. Das ist das Wundermedikament, auf das wir alle warten. Woher wissen Sie davon? Der Name ist offiziell nicht bekannt."

Jutta zückte das Handy und hielt dem Chefarzt das Foto mit dem zerknüllten Notizzettel unter die Nase. „Hier steht es. Jemand hat es aufgeschrieben. Und dieser Jemand ist wahrscheinlich der Mörder!"

Der Chefarzt nahm das Handy und stierte auf das Foto. „Das ist unmöglich. Den Namen des Medikaments kann niemand kennen. Nur die an der Forschung beteiligten Ärzte, das Team eben."

Jutta zog die Augenbrauen hoch. „Und woher haben Sie davon gewusst?"

Der Arzt senkte den Kopf. „Ich wusste nur davon, weil Lutz öfter hier war. Er hat seinen Sohn besucht. Lutz und ich – wir wurden auch Freunde, irgendwie. Er hat mir im Vertrauen von der Studie erzählt. Bewundernswert, der Mann – testet Medikamente, die seinem eigenen Sohn das Leben retten könnten, würde aber niemals einen Vorteil daraus schlagen."

Jutta nahm dem Arzt das Handy aus der Hand. „Vorteil? Sie meinen, er würde das Medikament nicht mal seinem eigenen Sohn verabreichen? Obwohl er weiß, er könnte ihm damit das Leben retten?"

„Das hätte er niemals gemacht! Lutz hielt sich an die Vorgaben", murmelte der Chefarzt und sein Blick traf Jutta direkt. „Lutz war ein außergewöhnlicher Arzt. Ethisch völlig korrekt."

Lutz Olsen hatte keine Lust auf die Hotelbar. Die Kinder gingen ihm nicht mehr aus dem Kopf. Er brauchte Spielzeug. Das Geld bekamen die Eltern. Klar. Aber die Kinder? Er könnte sie mit Spielzeug besser dazu bringen, die Kapsel zu schlucken. Und ihnen dann die Sachen schenken. Lutz dachte an seinen Sohn, als der klein war. Dann machte er sich auf in Mumbais Nachtleben, in dem die Läden auch um diese Uhrzeit noch glitzernde Plüschtiere und blinkendes Plastikspielzeug verkauften. Er würde es noch zum Labor bringen, schön aufbauen. Damit es morgen früh gleich losgehen konnte.

Der Regen ließ seit Tagen nicht nach. Jutta zog die Kapuze weiter über den Kopf, als sie auf die Messingklingel unter dem Namensschild „Olsen" drückte. Frau Olsen öffnete im Morgenmantel. Dafür, dass sie ungeschminkt und verheult vor ihr stand, sah sie in dem glänzenden Ding recht ansehnlich aus, dachte Jutta.

„Frau Olsen – haben Sie Ihren Schwiegervater inzwischen erreicht?"
Frau Olsen deutete mit einer Geste an, einzutreten. Die Kommissarin betrat den Flur und folgte ihr ins Wohnzimmer.
„Das war nicht nötig. Siegfried ist gestern spätabends überraschend von seinem Wanderurlaub zurückgekehrt. Er hatte scheinbar wirklich kein Netz in den Bergen."
Jutta sah sich im Raum um. Auf der Kommode stand neben dem Skifoto mit dem Sohn ein weiteres Foto in einem silbernen Rahmen. Darauf war ein älterer Mann neben Dr. Olsen zu sehen. Die beiden schienen beim Angeln gewesen zu sein, in der Hand hielten sie gemeinsam einen Fisch. Ihr fiel etwas auf, ein Detail, das

ihr bekannt vorkam. Jutta kam näher und betrachtete das Foto genauer.

„Und? Wie hat er die Nachricht aufgenommen? Dass sein Sohn erschlagen wurde?"

Die Witwe drehte sie zu Jutta um. „Das ist doch klar, dass er erschüttert ist. Sein Sohn ist tot!" Frau Olsens Stimme wurde laut.

Jutta stellte das Foto zurück auf die Kommode. „Frau Olsen, wo ist Ihr Schwiegervater jetzt?"

In dem Moment betrat ein älterer Mann den Raum. Er trug ein kariertes Hemd und eine braune Stoffhose. Seine Arme hingen schlaff an seinem Körper herunter. Er wirkte müde. „Ich bin hier", sagte er.

Die Kommissarin musterte den Mann. „Wie war Ihr Wanderurlaub, Herr Olsen?"

„Also, ich bitte Sie!", entrüstete sich Frau Olsen. „Siegfried hat seinen Sohn verloren, ich meinen Mann und Ihre erste Frage ist, wie es im Urlaub war?"

„Ich glaube, Ihr Schwiegervater weiß, warum ich diese Frage stelle", sagte Jutta und ging langsam ein paar Schritte auf den Mann zu. Der blieb stehen. Hielt ihrem Blick stand. Seine Augen waren wässrig. Jutta bemerkte es, als sie ihm gegenüberstand. „Sie lieben Ihren Enkel, richtig?", fragte sie. Er nickte. Dem Blick hielt er immer noch stand. „Sie würden alles für ihn tun, richtig?" Der Mann nickte wieder.

„Niemand konnte wissen, wie das Medikament heißt. Und wo es getestet wird. Nur ein paar wenige Eingeweihte", sagte Jutta und ging langsam um den alten Mann herum.

Frau Olsen schlang den Morgenmantel enger um die Hüfte und kam ein paar Schritte näher an die beiden heran. „Was meinen Sie damit? Siegfried? Sag doch was!"

Siegfried Olsen sagte nichts. Er blickte der Kommissarin weiter in die Augen, als sie vor ihm stehen blieb. Seine Augen füllten sich mit Tränen.

Jutta drehte sich Frau Olsen zu. „Ihr Schwiegervater weiß, was ich meine. Nur er konnte wissen, welches Medikament sein Sohn testet und wo die Testungen stattfinden."

Dann wandte sie sich wieder an den Mann: „Ihr Sohn hat es Ihnen erzählt. Sie wussten, dass dieses Medikament Ihrem Enkel das Leben retten könnte." Er nickte. „Und Ihr Wanderurlaub war in Wahrheit kein Wanderurlaub, sondern eine Reise nach Indien. Sie wollten das Medikament stehlen." Herr Olsen blickte zu Boden.

„Aber warum – haben Sie Ihren eigenen Sohn erschlagen?", fragte Jutta. Im Zimmer war es totenstill. Frau Olsen stand fassungslos daneben. Dem Mann lief eine Träne über die Wange.

Seine Stimme war leise, als er zu sprechen begann: „Ich wollte es stehlen, ja. Blieb mir ja nichts anderes übrig. Angefleht habe ich ihn. Immer und immer wieder. Er blieb stur. Ich bin eingebrochen, in der Nacht. Die Tür war leicht zu öffnen. Billiger Pressspan. Der Schrank war auch gleich offen, das war kein Problem mit dem Stemmeisen."

„Und dann? Was ist dann geschehen, Herr Olsen?"

Siegfried Olsens Blick wanderte in den Garten hinaus. Eine Hand steckte er in die Hosentasche. Er schien irgendeinen Punkt in der Ferne anzuvisieren, als er zu sprechen begann. „Plötzlich kam jemand von hinten herangeschlichen. Ich habe mich so erschrocken. Ich hatte das Stemmeisen in der Hand. Habe nichts gesehen.

Es war doch dunkel. Ich habe…" Siegfrieds Stimme zitterte.

„Sie haben zugeschlagen! Und dabei, ohne es zu wissen, Ihren eigenen Sohn erschlagen, Herr Olsen!"

Siegfried Olsen schlug sich beide Hände vors Gesicht. „Ich wollte das alles nicht. Ich wollte doch nur…"

„Ihren Enkel retten. Ich weiß", sagte Jutta, nahm Siegfried Olsens Hände in ihre und legte die Handschellen um seine Handgelenke.

Kurz bevor die Kommissarin mit Siegfried das Haus verließ und in den bereitstehenden Streifenwagen stieg, nahm sie noch einmal ihr Notizbuch und tat so, als müsste sie etwas notieren.

Zeit genug, um der Witwe einen unbeobachteten Moment lang die Chance zu geben, in Siegfrieds Hosentasche zu greifen und das Medikament Trangrozin herauszuziehen.

Julia Gehrig

Die Lieferung

Georgos Papadopoulos sog den Schaum seines Frappés durch den Strohhalm und blickte auf seine Armbanduhr. Die Fähre hätte schon vor einer halben Stunde anlegen sollen, und wie es meistens der Fall war, würde es noch eine weitere halbe Stunde dauern, ehe die ersten Fahrzeuge das Schiff verlassen konnten.

Der Fernfahrer vermied es, wie ein Großteil der Fahrgäste schon jetzt vor den Ausgängen des Fahrerdecks zu warten. Kläffende Köter und drängende Touristen konnte er sich so ersparen.

Das Café war fast leer. Wie Georgos selbst würden wohl auch die meisten anderen Fahrgäste das Schiff in Igoumenitsa verlassen.

Wieder zeigte das Fernsehen Nachrichten von dem Überfall auf die Norddeutsche Landesbank. Dieselben Bilder kannte Georgos schon aus den Autobahnraststätten in Italien. Seit zwei Tagen wurde von kaum etwas anderem berichtet.

Das bisschen Energie, welches ihm der Frappé gebracht hatte, war schneller verflogen als der bittere Geschmack in seinem Mund.

Doch der Supermarkt erwartete seine Lieferung und nach Ioannina war es vom Hafen aus noch eine gute Stunde. Hinfahren, abladen, dann würde Georgos bis zum frühen Nachmittag vielleicht wieder zu Hause sein und sich eine Dusche und richtigen Kaffee gönnen können. Die meisten PKW hatten die Fähre bereits verlassen.

Georgos startete den Motor. Die Glücksbringer-Augen am Anhänger des Zündschlüssels schlugen mit einem Klack gegeneinander. Endlich konnte auch er vom Schiff fahren und sich in die Warteschlange Richtung Autobahn einreihen. Sein Blick ging Richtung Berge, Richtung Heimat.

Kein Gedränge, kein Stau. Georgos hatte schon vergessen, wie angenehm manche Fahrten waren. Er kam frühzeitig genug am Supermarkt an und fuhr am Parkplatz vorbei. Viel war nicht los. Es war immerhin auch schon nach zwölf Uhr mittags. Wäre er selbst zu Hause gewesen, hätte er jetzt auch sein Nickerchen gehalten. Georgos parkte das Fahrzeug hinter dem Gebäude. Als er ausstieg, kam ihm ein vollbärtiger Mitarbeiter mit beiger Kappe und Sonnenbrille entgegen.

„Geia sou, Georgos. Wie geht es dir?" Der Mitarbeiter nahm die Sonnenbrille ab. Georgos blickte erstaunt auf.
„Geia, Costa." Die beiden Männer umarmten und küssten sich auf die Wange.
„Du bringst also die Ware aus Italien", stellte Costa fest.

Georgos Müdigkeit machte der Freude über das Wiedersehen mit seinem alten Freund Platz. „Ja, nachdem ich die Supermärkte in Hannover mit unserem Zeug versorgt hab. War ne lange Tour."

Georgos betrachtete seinen Freund eingehend und legte ihm dann eine Hand auf die Schulter. „So ein Zufall, dass wir uns sehen. Wie kommt es, dass du im Supermarkt arbeitest? Und du siehst jetzt auch ganz anders aus."

Die letzten Jahre hatte Georgos seinen Freund kaum noch zu Gesicht bekommen, und wenn, dann war er stets rasiert gewesen. Auch sein Haar war früher kürzer. Jetzt traten wellige, braune Büschel aus Costas Kappe hervor. Georgos hatte ihn vorhin kaum wiedererkannt.

Costa war ein wenig jünger als Georgos. Die beiden Männer waren im selben Bergdorf aufgewachsen. Georgos' Familie kam aus der Landwirtschaft. Sie ernteten Oliven und hüteten überwiegend Ziegen, deren Fleisch sie regelmäßig an Costas Eltern verkauften, welchen eine kleine Taverne gehörte.

Was die beiden Männer gemeinsam hatten, war, dass ihnen das Interesse für die Geschäfte ihrer Eltern gefehlt hatte. Sie wollten fort, etwas von der Welt sehen. So hatte Costa angefangen zu studieren, während Georgos Fernfahrer geworden war.

Costa lächelte und blickte verlegen zur Seite. „Dummerweise habe ich meinen Job verloren."
„Ein helles Köpfchen wie du?" Georgos schüttelte den Kopf.
Costa zuckte mit den Schultern. „Ich denke, es war einfach nicht das Richtige für mich." Er ließ seinen Blick kurz in die Ferne schweifen und lächelte. „Aber es ist wirklich ein Zufall, dass wir uns sehen. Ich arbeite nämlich noch nicht lange hier."
„Wie kam's denn dazu?" Costa zuckte mit den Schultern. „Ich dachte, ich versuche es mal mit was Neuem."
„Hast wohl immer noch nicht vor, dich zu binden?"
Costa ging nicht auf die Frage ein.
„Und wie geht's dir, Georgos? Was macht die Familie?"
„Meine Tochter will studieren."
„Muss sie dafür weit fort?"

Georgos nickte. „Athen." Er seufzte. „Ausgerechnet Athen, wo es weiß Gott wie viele Verrückte gibt. Wär's Thessaloniki, könnten wir sie öfter besuchen."

„Oder ihr zieht gleich dort hin", scherzte Costa.

„Bei solchen Dingen kannst du eben nicht mitreden." Georgos zuckte mit den Schultern. „Naja, wenigstens muss sie nicht ins Ausland."

Er stieg auf die Laderampe und meinte: „Die Bildung leidet auch unter der Wirtschaft. Da hat sie sich gerade erholt und dann kommt letztes Jahr so ein Virus." Wieder seufzte Georgos. „Wird jedenfalls nicht einfach, mit dem Studium. Da muss sich Nicoletta wohl noch einiges dazuverdienen."

„Aber in Athen gibt's doch Studentenwohnheime?", fragte Costa.

„Schon, aber ganz billig sind die auch nicht. Und selbst zu Hause reicht uns das Geld gerade so. Meine Frau hat momentan keine Arbeit und mein Sohn geht ja noch zur Schule." Er fing an, die Gurte von der Ladung zu lösen. „Mussten deine Eltern nicht auch die Taverne schließen?"

„Ja, schon." Costa wirkte für einen kurzen Moment bekümmert. „Mal sehen. Vielleicht finden sie ja noch eine Möglichkeit weiterzumachen."

Als Georgos damit begann, den LKW zu entleeren, rief Costa: „Warte, warte!" Dann half er Georgos bei dem Wagen, den er gerade zog.

„Ich dachte, du als Fahrer dürftest die Ware gar nicht entladen?"

Sie stellten den Wagen für einen Moment neben dem LKW ab.

„Willst du das vielleicht alleine machen?", fragte Costa. Georgos sah sich um und sagte: „Wer hält sich schon immer ans Gesetz."
Costa schüttelte lächelnd den Kopf. „Das tut niemand."

Sie gingen wieder in den LKW, um den nächsten Wagen zu holen.
„Wobei, beim Entladen in Südtirol haben mir das fünf Männer abgenommen. Alle mit einem Grinsen im Gesicht...", sagte Georgos lachend. „Die machen ihren Job wohl richtig gerne." Er strich sich über die Stirn, bevor sie sich die nächste Ware vornahmen. „Und du wirst es nicht glauben, eine Tramperin ist mir auch noch über den Weg gelaufen. Gleich in Deutschland, kurz vor der Autobahn."
„Und du hast sie natürlich mitgenommen?"
„Natürlich. Wieso auch nicht?"
Costa grinste. „Lass das nur deine Frau nicht wissen."

Georgos lachte auf: „Ist ja nichts weiter passiert. Das Gespräch war auch recht einseitig. Mein Deutsch ist eingerostet und Englisch spreche ich ja kaum. Aber sie hat ziemlich viel geredet. Bin sie bis Bozen nicht losgeworden."
Georgos blickte in den LKW. Noch vier Wagen bis zum Feierabend. So gern er sich auch mit Costa unterhielt, jetzt fehlte ihm sein Bett. „Sie ist dann endlich ausgestiegen, als ich den LKW beladen musste. Dachte erst, es würde ihr vielleicht zu lange dauern, aber dann hat sie mit den Männern geflirtet, die mir geholfen haben. Und ist dann verschwunden."

„Hilfst du mir, die drei ins Lager zu schieben?", fragte Costa und klopfte auf einen der Wagen, die sie zuletzt herausgebracht hatten.

„Warum denn ausgerechnet die?"

„Das ist Tiefkühlware", antwortete Costa und schien sich zu vergewissern, dass das auch wirklich so war, als er den Wagen von oben bis unten begutachtete.

„Ja, du hast recht." Georgos sah das Wasser an der Innenseite der Folie. Er schüttelte den Kopf. „Und das schieben die ausgerechnet ganz nach hinten."

Im Lager begegneten ihnen weitere Angestellte. Einer davon bot seine Hilfe an, doch Costa winkte ab. Sie fuhren also einen Wagen nach dem anderen ins Kühlhaus, wo Costa sie nochmals überprüfte.

„Bitte entschuldige. Du musst müde sein von der Fahrt." Georgos Freund schob die Ware noch etwas weiter nach vorn.

„Geh doch schon mal nach draußen. Ich muss noch kurz ins Büro. Den Rest kann ich mit Manolis machen."

„Der von vorhin?"

Costa nickte nur und war immer noch auf die Wagen fixiert.

„Gibt's irgendwas auszusetzen?"

„Nein, nein." Costa lächelte. „Alles bestens."

Den Lieferschein neben sich liegend, war Georgos bereits bei der zweiten Zigarette angelangt. Die Sonne schien heiß und stimmte ihn wieder müde. Endlich kam Costa zurück. Er hatte eine Einkaufstüte in der Hand, die er euphorisch schwenkte. „Das ist für dich." Er überreichte die Tüte Georgos. „Ein kleines Dankeschön vom Supermarkt, fürs Anliefern."

„Na so was. Das ist ja mal was ganz Neues."

Georgos blickte in die Tüte, darin befand sich etwas, das nach einem Schuhkarton aussah. Er kam gar nicht dazu, sich lange darüber zu wundern. Costa hatte es plötzlich eilig und wollte nur noch wissen, wo er unterschreiben sollte.

Die beiden Männer umarmten sich schließlich zum Abschied. Und als Georgos noch meinte: „Vielleicht sieht man sich ja bald wieder", wirkte Costa beinahe ein wenig schwermütig.

„Ja vielleicht. Mal sehen."

Georgos stieg in seinen LKW und startete den Motor. Die Augen am Zündschlüsselanhänger begannen wieder zu baumeln und schienen einen Blick auf die Tüte zu werfen, die auf dem Beifahrersitz lag.

Wenn auch die Tasse viel kleiner war als in Deutschland oder Italien, freute sich Georgos darüber, endlich wieder richtigen Kaffee zu trinken. Er saß draußen auf der Terrasse, sah sich den Zitronenbaum im Garten an und lauschte dem Zirpen der Heuschrecken. Seine Frau und seine Tochter bereiteten in der Küche das Essen zu.

Die Einkaufstüte, die ihm Costa gegeben hatte, lag auf dem Gartenstuhl neben ihm. Georgos steckte sich eine Zigarette an und entnahm das Geschenk des Supermarktes. Es wog weder leicht noch besonders schwer. Wahrscheinlich irgendeine nutzlose Dekoration. Er öffnete den Karton und gleich darauf öffneten sich auch seine Lippen so weit, dass ihm die Zigarette zu Boden fiel. Hustend trat er sie aus.

Er strich sich über Augen und Stirn und war sich plötzlich nicht mehr sicher, ob er wach war oder träumte. Im Paket befanden sich massig Geldbündel. Die Summe konnte Georgos nur schätzen. Er schüttete das Geld auf dem Stuhl aus. Ein Umschlag fiel mit heraus. Georgos öffnete ihn.

Wie aus weiter Ferne hörte er seine Tochter rufen. Er achtete nicht darauf und begann den Brief zu lesen.

Lieber Georgos,
wie du sicher ahnst, ist dies keine Anerkennung des Supermarktes, in dem ich ohnehin nur für eine kurze Zeit gearbeitet habe. Sieh das Geld als Entschädigung dafür, dass du ohne dein Wissen an einem der größten Bankraube der Geschichte beteiligt warst.
Einzelheiten kann ich dazu nicht schreiben, auch weil die Zeit drängt. Ich werde noch heute Abend Europa verlassen.
In dem Paket befinden sich 60000 Euro, ob du damit zur Polizei gehst oder es für das Studium deiner Tochter behältst, bleibt dir überlassen.
Ich fürchte, dass wir uns nicht wiedersehen werden und wünsche dir das Beste für dich und deine Familie.
Dein Costa

Georgos zündete sich zittrig eine weitere Zigarette an.
„Papa, das Essen ist fertig!", hörte er seine Tochter rufen, aber er blickte den Brief weiter an. Als er wieder aufsah, stand Nicoletta auch schon vor ihm, Augen und Mund weit geöffnet. Georgos Papadopoulos steckte sich die Zigarette in den Mund und nahm einen tiefen Zug.

Melanie Michalak

Baby I love you

Es hatte es so gut angefangen. Luzi war so glücklich gewesen, so stolz.

„Komm kleiner Mann", hatte Axel gesagt, ihren Sohn Benny auf seine Schultern gesetzt und ihn zum vollgepackten Ford Fiesta getragen. Auf der Rückbank saß schon erwartungsvoll hechelnd ihr gemeinsamer Hund Pluto. Axel hatte sich ans Steuer gesetzt, Luzi war als letzte eingestiegen, mit einer riesigen Sonnenbrille auf ihrer sommersprossigen kleinen Nase und einer großen Lunchbox in der Hand. So waren sie losgefahren.

Nach nur einer knappen Stunde Fahrt standen sie im Stau am Irschenberg. „War zu erwarten", sagte Luzi. „Aber wir haben ja genug Puffer eingeplant." Sie lachte und schob ihre Sonnenbrille auf die Stirn. Axel nickte.

„Und ich hab Urlaubsmusik dabei." Sie drehte den Lautsprecherregler ihres Smartphones auf. The boys of summer war der erste Song aus ihrer Playlist. Sie hatte geübt und nach ein paar Takten begann sie leise mitzusummen. Axel lächelte sie an. „Ich mag es, wenn du singst", sagte er und legte eine Hand auf ihr Knie.

Er mag es, wenn ich singe! Luzi jubilierte innerlich. Es war richtig gewesen, zu üben. Es war richtig, mit ihm in den Urlaub zu fahren. Es war richtig, Benny und Pluto mitzunehmen. Alles ist richtig, dachte sie. *Er* ist richtig. Gabi mit ihren ganzen Bedenken von wegen Patchwork und Altersunterschied war einfach nur neidisch. Luzi sang lauter und ignorierte das Jaulen des Hundes. Hauptsache war: Axels Finger tippten auf dem Lenkrad den Rhythmus mit. The boys of summer.

Es war heiß im Auto nach einer Stunde im Stau. Auf der Rückbank hechelte Pluto und gab ungesunde Laute von sich. Benny fragte: „Kann ich eine Cola?"
Luzi griff in die Kühltasche. Axel stoppte sie mit einer kleinen Handbewegung.
„Nein, du kannst keine Cola", sagte er.
„Warum nicht?"
„Weil Cola so viel Zucker enthält und das nicht gut ist für dich", sagte Axel.

Luzi ließ das Fenster runter und streckte den Kopf hinaus.
„Kannst du das bitte lassen! So funktioniert das nicht mit der Klimaanlage." Luzi ließ das Autofenster wieder hochfahren. „Ich freue mich schon so auf den Strand", sagte sie und wählte den nächsten Song aus der Playlist. Sand in my shoes.

„Ich war's nicht", rief Benny, als sich eine üble Geruchswolke im Wagen ausbreitete. Er deutete auf den Hund. „Pluto hat gepupst", sagte Benny. „Voll eklig."
„Stell dich nicht so an, er ist schließlich noch ein Welpe", sagte Axel und betätigte den Fensterheber. Die flirrende Luft draußen roch nach Benzin.

„Mama, wann …" Luzi unterbrach ihn. Sie hatte ihm zu Hause eingeschärft, nicht zu fragen, wann sie endlich da wären.
„Wir sind da, wenn wir da sind", sagte sie.
„Ich wollte bloß fragen, wann wir Pause machen", sagte Benny beleidigt. Luzi drehte die Musik lauter und sang mit: Sand in my shoes.

Nachdem sich der Stau aufgelöst hatte und sie endlich Kilometer machen konnten, wie Axel es nannte, sagte Benny: „Ich muss mal."

„Geht jetzt nicht", sagte Luzi.

„Aber..." Von der Rückbank waren gurgelnde Geräusche zu hören. „Pluto hat schon wieder gepupst. Ich glaube, der muss mal."

„Wir fahren bei der nächsten Ausfahrt raus", sagte Axel.

Während Benny und Pluto ihre Geschäfte verrichteten, saßen Axel und Luzi auf einer Raststättenbank. „Ist es nicht wundervoll, dass wir jetzt komplett sind?", fragte Luzi. „Wie eine Familie."

„Mhm", murmelte Axel. „Schon gut, dass wir jetzt den Hund haben." Er fischte sich ein Schinkensandwich aus der Lunchbox.

„Ja, unser Baby."

Axel nickte kauend. Dann rief er: „Komm her, Pluto."

Sie streichelten ihn gemeinsam, während sie auf Benny warteten. Luzi lehnte sich an Axel und ein feiner Schweißfilm bildete sich auf ihren nackten Oberarmen. Axel stand abrupt auf. „Braucht Benny immer so lange? Wir müssen weiter, um sechs geht die Fähre."

Sie fuhren vorbei an Salzburg, Villach, durch grüne Täler, dann über Serpentinen den Pass hinauf. Luzi sang mit beim nächsten Song: On top of the world.

„Mama, hast du meine Flossen eingepackt?", fragte Benny.

„Ich kann doch nicht an alles denken", sagte Luzi und sang weiter.

„Aber die Surfschuhe von Axel hast du doch auch eingepackt. Und den Pfotenschutz für Pluto." Luzi sang lauter.

Axel nahm die Kurven scharf, Luzi legte ihre Hand in seinen Nacken. On top of the world.

„Mama, ich glaube, Pluto muss kotzen."

„Jetzt sei doch nicht immer so negativ, Benny!"

Der Hund übergab sich, als sie fast ganz oben waren. Luzi putzte das Auto aus, während Axel das Surfbrett auf dem Dachständer kontrollierte.

„Los, wir müssen weiter", drängelte Axel.

„Kann ich noch schnell ein Foto machen?", fragte Luzi.

„Nein, wir haben schon wieder eine halbe Stunde verloren!", sage Axel. „Ist ja auch bescheuert, dass wir ausgerechnet zu Ferienbeginn fahren müssen." Luzi knipste ihn trotzdem heimlich dabei, wie er das Surfbrett festzurrte. Sie schickte das Foto an Gabi mit den Worten: Traumhafte Fahrt, voller Vorfreude auf den Strand.

Sie stiegen ein und fuhren weiter. „Eine Runde Erfrischungstücher", sagte Luzi und wedelte mit einem ausgepackten Tüchlein herum, bis im Auto der Geruch von Zitronella den von Erbrochenem überdeckte.

„Vielleicht hätten wir ihn doch nicht mitnehmen sollen", sagte Axel leise. „Die lange Fahrt. Die Hitze…"

„Kann ich ne Cola?"

Luzi schüttelte den Kopf.

„Nein, verdammt noch mal", sagte Axel.

„Warum nicht? Ich hab Durst!"

„Weil wir dann gleich wieder halten müssen. Weil du dann wieder pissen musst."

Luzi sah geradeaus.

Die nächsten 100 Kilometer war Ruhe auf der Rückbank. Der Hund schnarchte leise, Benny schmollte entweder mit geschlossenen Augen oder er war ebenfalls eingeschlafen. Luzi klappte den Spiegel im Blendschutz aus und zog sich die Lippen nach. War das eine neue Falte unter ihrem Auge? Oder war das ein bösartiger

Vergrößerungsspiegel? Auch ihre Nase sah größer aus und die Poren ihrer Haut. Sie klappte den Spiegel wieder ein. Die Schönheit des Verfalls. Wer hatte das nochmal gesagt? Nicht Axel. Er hatte gesagt: Es stört mich nicht, dass du älter bist. Du bist wunderschön. Deine Stupsnase ist so sexy. Deine Haut so... Wie war sie noch mal? Auf jeden Fall hatte er gesagt: Ich liebe alles an dir. Wie du gehst, wie du dich bewegst...

Luzi konnte sich kaum bewegen in dem kleinen Fiesta. Sie streifte ihre Sandalen ab und wackelte mit den Zehen. Konnte man auch auf den Zehen Falten bekommen?

Alles an ihr liebte er, hatte er gesagt. Ihren Geruch, ihre Stimme.

Suzie Q war der nächste Song auf ihrer Playlist. Like the way you walk, like the way you talk, trällerte sie. Baby I love you...

„Kannst du bitte aufhören zu singen", sagte Axel. Luzi verstummte. Die nächste Viertelstunde fuhren sie schweigend. Luzi dachte an Gabi. An ihre Warnungen. Als könnte er ihre Gedanken lesen, sagte Axel: „Es ist nur wegen Pluto. Und Benny. Nicht dass sie aufwachen."

Die Klimaanlage kam nicht mehr gegen die Hitze an, und das Zitronella hatte den Kampf gegen den Geruch von Erbrochenem verloren.

„Gibt's noch ein Schinkensandwich?", fragte Axel.

„Schinkensandwich", schrie Benny von der Rückbank.

„Pssst", machte Luzi, „nicht dass Pluto aufwacht." Sie reichte die Lunchbox nach hinten. „Nimm dir ein paar Karottensticks."

„Ich will aber auch ein Schinkensandwich!"

„Kinder die was wollen, kriegen was auf die Bollen." Axel lachte. Dann sagte er: „Wir müssen nachher Pause machen, um Pluto zu füttern." Luzi nickte.

„Aber nur kurz", sagte sie, „wir müssen ja Kilometer machen und die Fähre kriegen."

„That's my girl", sagte Axel.

Nachdem Pluto das mit Bio-Gemüse durchsetzte Rinderhack gefressen hatte, ging es weiter.

„Bald sind wir da", rief Luzi Richtung Rückbank. „Gleich sind wir in Slowenien und dann in Kroatien." Sie nahm ihr Handy, beugte sich zur Fahrerseite, hielt ihr Gesicht ganz nah an Axels. „Smile for me", sagte sie und knipste ein Selfie. Axel sah mürrisch aus auf dem Foto, sie löschte es.

„Kann ich Handy spielen?" Wortlos reichte Luzi ihr Smartphone nach hinten. Eine Weile lang waren nur die Beep-Geräusche des Handy-Spiels zu hören.

„Läuft doch ganz gut", sagte Luzi nach einer Weile. „Nur noch 200 Kilometer bis Brestova. Dann nur noch die Fähre. Dann sind wir da. Und heute Abend sind wir dann ganz für uns…"

„Glaubst du ja selber nicht", sagte Axel und hupte. Der Camper vor ihnen fuhr einen Schlingerkurs, er konnte nicht überholen.

„Scheiße", sagte er. „Diese verdammten Urlauber. Warum müssen wir ausgerechnet an diesem Wochenende los, wo alle fahren."

„Weil Benny jetzt Schulferien hat. Und wir unseren ersten gemeinsamen Urlaub machen wollten", sagte Luzi sanft.

„Scheiße", sagte Axel noch einmal. „So schaffen wir das nie." Der Camper vor ihnen fuhr jetzt noch langsamer.

„Gib mal ne andere Route ein", sagte Axel. Luzi streckte die Hand nach hinten. „Handy", sagte sie.
Benny ignorierte sie. „Handy", sagte Luzi mit scharfer Stimme.
Von der Rückbank waren nur die Computerstimmen des Handy-Spiels zu hören. Luzi beugte sich nach hinten und entriss Benny das Smartphone.
Benny kickte mit den Füßen gegen den Fahrersitz.
„Wenn du das noch einmal tust, setze ich dich beim nächsten Halt aus!", sagte Axel und schaute in den Rückspiegel. Luzi zog hörbar die Luft ein.

Nach fünf Minuten war der Handy-Akku leer. Axel fluchte. „Nur weil dein Sohn unbedingt sein bescheuertes Game spielen musste! Der hat uns den ganzen Akku leergesaugt!" Er schlug mit den Fäusten auf das Lenkrad. „Wie soll ich jetzt ohne Navi fahren?" Pluto bellte in ohrenbetäubender Lautstärke. „Schnauze, halt endlich die Schnauze!", schrie Axel.
„Wir halten an der nächsten Tankstelle und kaufen eine Karte", sagte Luzi ruhig.

Zwei Minuten vor 18 Uhr kamen sie am Fährhafen an. Der rote VW-Bus hinter ihnen drängelte. „Schnell, die Tickets!", rief Axel. Luzi kramte in ihrer Tasche.
„Hier: einmal für den Fiesta und drei für uns."
„Wieso nur drei?", fragte Axel.
„Ich hab ihn an der Tanke rausgelassen", sagte Luzi.
„Bist du wahnsinnig?" Axel starrte sie mit schreckgeweiteten Augen an. „Du hast Pluto ausgesetzt?"
„Natürlich nicht. Doch nicht unser Baby", sagte Luzi und wuschelte Axels sommerblonde Haare. „Benny!"

Elvira Kolb-Precht

Die Autoren

Julia Gehrig

In den kreativen Flow kommen! Das gefällt mir beim Erfinden von Kurzgeschichten am besten.

Schon immer spielte das Schreiben eine große Rolle in meinem Leben – Tagebucheinträge als junges Mädchen, die Diplomarbeit zum Studium „Soziale Arbeit", To-do-Listen, um das Familienleben mit meinen heute jugendlichen Töchtern zu organisieren, Fachtexte für die Auszubildenden, die ich auf dem Weg zur Erzieherin begleite, oder meine Fachbücher im Bereich Pädagogik – das Texten machte mir einfach immer schon Spaß. So ist inzwischen auch mein erster eigener Roman auf dem Weg, der in einer Kleinstadt spielt, die so ähnlich ist wie meine Heimatstadt Landshut. Mehr verrate ich noch nicht.

Linda Hagspiel

Linda Hagspiel, im Allgäu geboren und aufgewachsen, schrieb ihre erste Geschichte mit zwölf Jahren im vollgepackten Golf auf der Fahrt in den Familienurlaub. Sie liebt es zu reisen und ist nach wie vor den Orten ihrer Kindheit sehr verbunden. Nach ihrem Studium der Erziehungs- und Bildungswissenschaften konzentriert sich Linda Hagspiel neben ihrer pädagogischen Arbeit heute auf das Schreiben von Drehbüchern. Sie lebt in Berlin.

Evi Hallermayer-Jahreiß

Das wichtigste, um zu schreiben, ist doch immer die Inspiration. Daher gehe ich auf Entdeckungsreisen so oft ich kann, sei es in den Biergarten um die Ecke oder in mein absolutes Inspirationsland, Japan. Als griechisch-bayerisches Urgewächs sind unterschiedlichste Kulturen einfach mein Thema. Daher auch die Promotion mit dem Titel „Filme analysieren – Kulturen verstehen" oder mein Blog über japanische Kunst. Wo unterschiedlichste Meinungen aufeinanderprallen, finde ich den Stoff für meine Kurzgeschichten oder für mein nächstes Projekt – ein Kinderbuch.

Elvira Kolb-Precht

Ich habe den schönsten Beruf der Welt! Aber du arbeitest zu viel, sagen meine Kinder, mein Partner, meine Freunde – mehr als früher. Stimmt ja gar nicht. Als Textchefin im Verlag habe ich auch viel gearbeitet. Seit ich 2013 die Schreibschule gegründet habe, sind die Stunden vielleicht mehr geworden. Aber ich empfinde es nicht so: Ich arbeite jeden Tag mit wundervollen Menschen zusammen. Gebe Schreibkurse, lektoriere, bringe Geschichten und Bücher auf den Weg. Und manchmal komme ich sogar noch selber zum Schreiben.

Susanne Kotrus

Susanne hat Literaturwissenschaften und Romanistik an der Universität Tübingen studiert. Verschiedene berufliche Stationen führten sie unter anderem in eine Werbeagentur, in einen Verlag und in eine Zeitschriftenredaktion. Sie besuchte Kurse in Kreativem Schreiben, Malen und experimentierte mit verschiedenen Drucktechniken. So oft es geht, verreist sie und lässt sich von anderen Ländern und Kulturen inspirieren. Sie lebt mit ihrer Familie im paradiesischen Oberbayern.

Brigitte Mattes

Meine Leidenschaft für das Lesen hatte mich lange abgehalten, selbst zu schreiben, bis ich mit ersten Schreibskizzen in der Schreibschule begann. Gefüttert werden meine Erzählideen mit Reiseerlebnissen oder

Begegnungen in Olching, meinem Zuhause in Bayern. Selbst mein nüchterner Bürojob in der Automobilindustrie flüstert mir Gedanken ein, die ich schreibend erzählen kann.

Melanie Michalak

Melanie kam an einem Freitag dem Dreizehnten im November 1987 zur Welt. Sie hat schon als Kind damit begonnen eigene Texte zu entwerfen, mit ihnen aber lange Zeit den Papierkorb gefüttert.
Seit einigen Jahren befasst sie sich ernsthafter mit dem Schreiben und schreckt auch nicht mehr vor Veröffentlichungen zurück. Neben ihrer Arbeit an einem Fantasy-Roman schreibt sie auch Kurzgeschichten in unterschiedlichen Genres.

Stephan Priddy

Gestatten: Stephan, Jahrgang 1982, gebürtiger Westfale.
Was mache ich beruflich: Tätig als studierter Bibliothekar an der Neuen Pinakothek in München. Warum schreibe ich: Die Werke von Autoren wie Tolkien, Sir Conan Doyle und Neil Gaiman haben mein Leben bereichert. Nun hoffe ich, dass ich das Leben Anderer bereichern kann.

Magdalena Punkt

Das quer durch Deutschland ziehende Original der 68er beendete vor 20 Jahren in München ihre Reise.
Beim Schreiben ist sie nur sie selbst. Keine Ehefrau, keine Mutter, weder Tochter noch Schwester, auch keine Freundin. Ihre Geschichten erlauben ihr, als eine andere Person durch Raum und Zeit zu reisen. Und vielleicht begegnen Sie ihr selbst einmal, in ihrer eigenen Biografie.

Zeitfracht Medien GmbH
Ferdinand-Jühlke-Straße 7
99095 Erfurt, Deutschland
produktsicherheit@kolibri360.de